十二國記

風之萬里 黎明之空 下

小野不由美 Ono Fuyumi

繪者◆山田章博 Yamada Akihiro

譯者◆王蘊潔

十二國記

風之萬里　黎明之空　下

目錄

第十章　007
第十一章　033
第十二章　063
第十三章　091
第十四章　117
第十五章　153
第十六章　187

第十七章 213
第十八章 245
第十九章 265
第二十章 285
第二十一章 307
終章 325
解說　金原瑞人 333

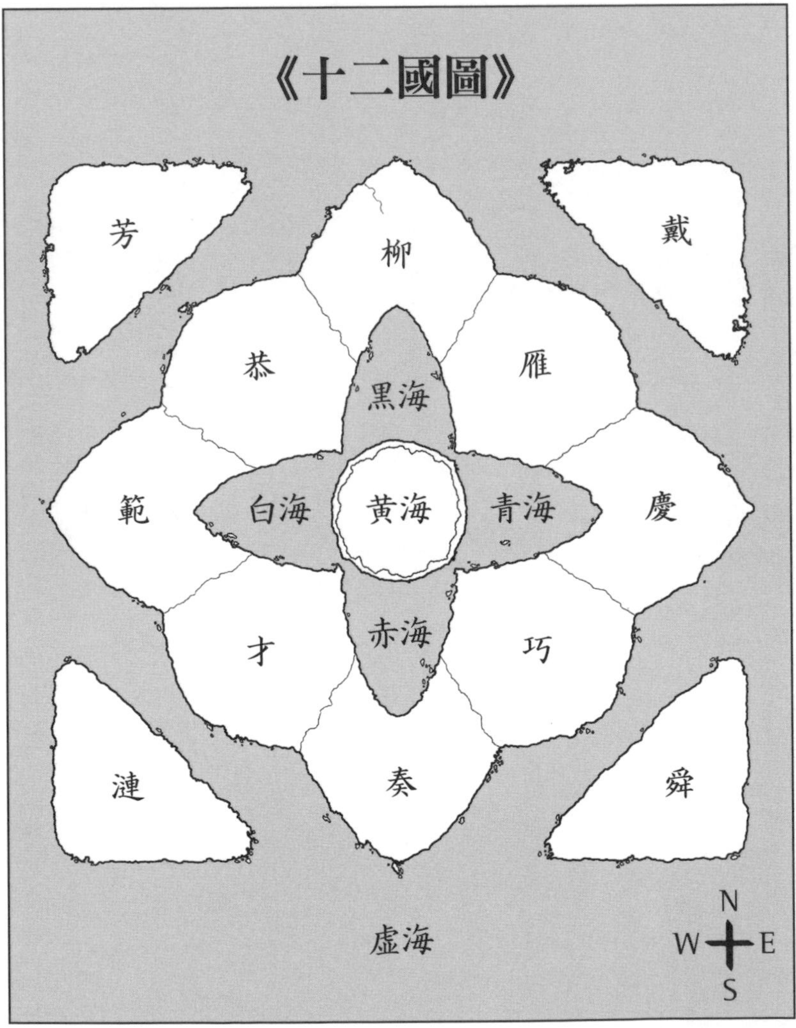
《十二國圖》
芳
柳
戴
恭
雁
黑海
範
白海
黃海
青海
慶
赤海
才
巧
漣
奏
舜
虛海
N
W
E
S

《慶國北方圖》

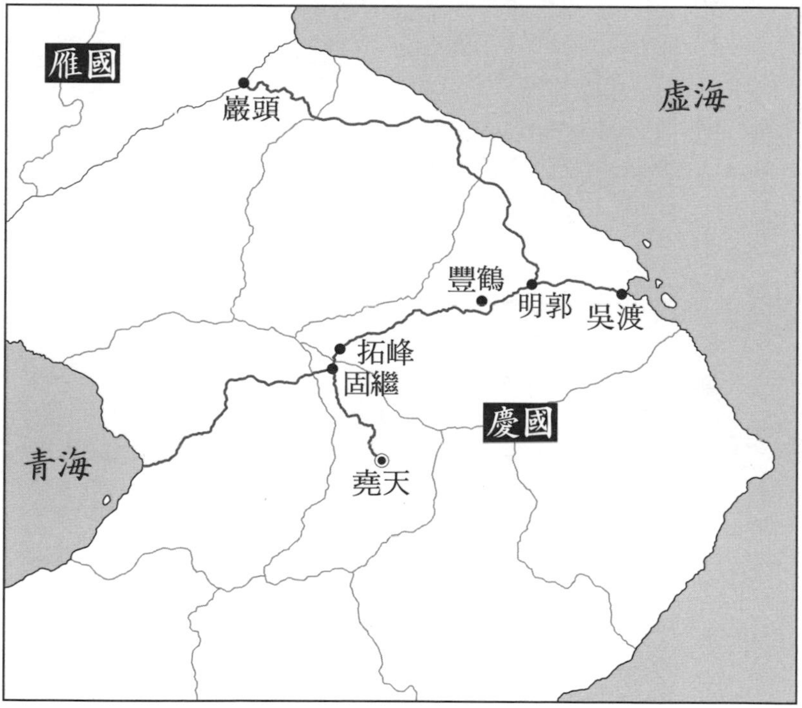
雁國
巖頭
虛海
豐鶴
明郭
吳渡
拓峰
固繼
慶國
青海
堯天

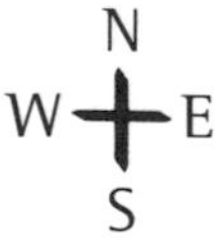
N
W
E
S

第十章

1

「——陽子，怎麼會有這些血？」

陽子一脫下棉袍，蘭玉立刻驚叫起來，陽子搖了搖頭。

「不是我受傷。我在拓峰遇到有人受傷。」

「啊喲……」

「有一個小孩子被馬車輾過，但我有一種奇妙的感覺。」

因為當時城門即將關閉，所以陽子匆忙離開了拓峰。她讓班渠一路趕到北韋附近，總算在城門關閉之前進了城。

「我看到朱軒遠去——無論怎麼想，都覺得是那輛朱軒肇事，但朱軒沒有停下，也沒有人上前制止。」

「……喔，那應該是昇紘。」

「啊？」陽子偏著頭。蘭玉坐回起居室的椅子上，繼續做針線活。

「昇紘是止水的鄉長，既然是朱軒，八成應該是他。因為如果不是鄉長，根本沒資格坐朱軒。」

「他很有名嗎？」

「非常有名，是不把百姓當人看待的豺虎。」

蘭玉說話時，忍不住皺起眉頭。

「北韋也有不少從止水逃出來的人，只是最近比較少了——因為昇紘在州境設下鄉兵，監視想要逃走的人，但還是經常聽到負面的傳聞。」

聽到蘭玉這麼說，陽子若有所思地低下了頭。

「……是喔。」

「這裡是台輔的領地，所以很幸福……聽說和州的州侯魚肉鄉民，以前也曾經是這裡的領主。」

「我聽遠甫說了。」

蘭玉點了點頭。

「聽說當時真的很慘，幸虧他現在去了和州，但和州的人太可憐了……不過，我們也不知道這種平靜的日子能夠持續多久，雖然現在是黃領，沒有人知道會持續到什麼時候。即使以後也一直是黃領，我一到二十歲，就要去其他地方，到時候也不能保證不會去和州……」

「是喔——妳說得對。」

「希望能夠在接下來的兩年之內找到丈夫。」

蘭玉笑著說，陽子偏著頭。

「如果可以在北韋找到丈夫，在分配土地的同時就可以結婚。一日入對方的戶籍，就可以將土地轉到和對方相同的里——當然，如果那裡還有空地的話。」

陽子連續眨了好幾次眼睛。

「會因為這種理由結婚嗎？」

「被分到哪裡的土地很重要啊，你知道有一種名叫許配的行業嗎？」

陽子搖了搖頭。

「——不知道。」

「許配這個行業專門為人介紹結婚對象。只要說出條件，他們就會介紹符合條件的對象。付了錢之後結婚辦理手續，換完土地之後就離婚。這就是許配這個行業所做的事。」

「這……太驚人了。」

「是嗎？」

「在蓬萊，離婚並不是一件簡單的事，雖然最近有些人輕易離婚，但畢竟不是什麼光彩的事，所以，聽到妳說有人這麼輕易離婚，忍不住有點驚訝。」

蘭玉聽了陽子的話，小聲笑了起來。

「蓬萊真是一個幸福的國家。我也很希望找一個理想的對象結婚，養兒育女，過著美滿的生活，但如果被分到止水，我就會找一個其他地方的人嫁過去。你知道嗎？止水的稅重達七成。」

「怎麼可能？」

納稅通常都是一成，即使加上為了支付軍餉和官餉所徵收的特別稅，也就是賦，也不會超過兩成，這是國家的規定。

「賦為兩成，除此以外，還有每個人都要繳交的一成口賦，和兩成為了建橋築堤所徵收的均賦，還有兩成保護百姓免受妖魔攻擊，和發生萬一狀況時，可以住進里家受照顧的安賦兩成，總共是七成。」

「太荒唐了——」

一國的法令有天綱和地綱，天綱也稱為太綱，是上天所定，即使是一國之王也不得違反。王頒布的法令稱為地綱，任何州侯和領主都不得違反地綱。地綱決定了稅制，規定徵收一成的稅，州侯和領主所徵收的賦不得超過五分，目前慶國已經頒令決定稅減至八分，且不得徵收賦。

「現在應該不可以徵收賦，而且居然還向百姓徵收其他苛捐雜稅，簡直是聞所未聞。況且，怎麼會有安賦和均賦？這些不是都由國庫支出嗎？」

蘭玉不知所措地笑了笑。

「所以我說昇紘是酷吏啊——為什麼王會允許昇紘這種人繼續當州侯……？」

蘭玉說完，剪斷了縫線，把針插回了針插。

「要去準備晚餐了——妳趕快去換衣服，否則桂桂看到妳身上的血會嚇壞。」

陽子離開起居室後，立刻去了書房。她向遠甫打了聲招呼後，立刻走了進去，遠甫剛好把書帙放回書架，一看到陽子，立刻瞪大了眼睛。

「陽子，妳怎麼了？怎麼會有這些血？」

「因為我抱著發生意外的人——遠甫，我聽說止水向百姓徵收七成的稅。」

遠甫輕輕吐了一口氣。

「原來妳聽說了這件事。所以是為了這件事去止水嗎？」

「倒也不是——確有其事嗎？」

「確有其事，妳先不要激動。」

「——我從來不曾同意這種事！」

陽子生氣地說完，又嘆了一口氣，遠甫指著椅子示意她坐下。

「妳生氣也沒用——陽子，北韋的稅是三成。」

陽子愕然地張大眼睛。

「——但是，北韋是黃領——」

「無論領主再怎麼仁厚，一旦管理不善，就無法發揮作用。」

陽子深深地吐了一口氣，垂頭喪氣地坐在遠甫面前。

「妳不要沮喪——君主一個人無法推動國政，必須有能幹的官吏支持君主推動政務。」

「但是……」

「慶國多年來都沒有賢明的君主，妳有沒有聽過北韋百姓的嘆息？沒有吧？因為在以前呀峰的時代，要收五成的稅，成為黃領後，減到了三成，所以百姓都心生感謝。」

「怎麼會這樣……？」陽子說不出話。

「昇紘徵收的七成稅中，一成交給國家，四成交給呀峰，剩下的兩成進了昇紘的口袋。昇紘是能幹的官吏，很懂得如何催稅、逼稅，所以呀峰對昇紘另眼相看，因為只有昇紘能夠有辦法為呀峰徵收四成的稅。」

「為什麼會……？」

為什麼會允許這種情況發生？陽子對自己的無能欲哭無淚。

「事實上，和州近年大興土木，到處修築堤防，到處興建橋梁，呀峰聲稱徵收的並非稅金，而是信託的錢。事實上，只要實際建造了堤防和橋梁，國家也很難追究——但和州的橋很易坍塌，即使不下雨也會坍塌，讓人哭笑不得，而且，只要說是役夫偷工減料，國家也無法追究呀峰的責任。」

「原來是這樣……」

一手掌管外朝的冢宰——因為已經被陽子左遷，目前是太宰的靖共，視呀峰為蛇蠍，對他深惡痛絕。呀峰令人如此恨之入骨，卻讓人無法抓到處罰的把柄，不得不說是一種了不起的能力。既然靖共無法處罰他，陽子除非頒布敕命，否則應該也難以處罰呀峰。雖然很多官員疾呼，要以敕命處罰呀峰，但也有不少官吏反對，認為沒有確鑿證據就頒布敕命，將導致國家動亂。就連這些反對的官吏也對呀峰恨得牙癢癢，可見他引發了多少民怨。

「但並不是只有呀峰和昇紘這兩個官吏中飽私囊，這種貪官汙吏在各地屢見不鮮，即使只把呀峰和昇紘抓起來也沒有意義，很快就會出現第二個呀峰。」

陽子抬起頭。

「但是，有所為總比毫無作為好。」

「要以什麼理由抓他呢？」

「這——」

「昇紘是豺虎，但呀峰包庇他，所以很難抓到他。呀峰也是狠角色，所以也不容易逮到他，如果可以輕易做到，別人早就治他們的罪了。」

「但是，我今天看到昇紘殺了小孩子。」

遠甫瞪大了眼睛。

「確實無誤嗎？真的是昇紘所為嗎？」

「應該是。」

陽子說出了她見到的情況，遠甫嘆了一口氣。

「原來如此，難怪妳滿身是血——妳認為這樣就能夠抓到昇紘嗎？」

「但是……」

「恐怕很快就會有消息傳出來，坐在朱軒上的並不是昇紘，或是會有很多證人出面證實，並不是朱軒輾死小孩子——妳不要忘記，正因為昇紘有這些權力，他才能繼續當鄉長。」

陽子咬著嘴唇。

「任憑酷吏作威作福並非好事，但如果為了處罰酷吏而扭曲法律，就失去了法律的意義，這比坐視酷吏為非作歹更加罪孽深重——妳不能操之過急。」

陽子低頭走回房間，緊緊關上廳堂的門。

「……班渠，可不可以請你回金波宮一趟？」

「為了昇紘的事嗎？」

「對，我無法袖手旁觀，你把情況告訴景麒，讓他著手調查，同時向他報告北韋的情況。」

「……遵旨。」

陽子皺著眉頭，坐在悄然無聲的廳堂內，那個倒地孩子的身影浮現在腦海。那個孩子骨瘦如柴——陽子的確不知道昇紘是否故意殺了他。

「太可憐了……」

那個孩子年紀還小。如果真的是昇紘所殺，讓昇紘這種酷吏橫行霸道的陽子就必須為此負起責任。那個孩子臨終前說的話在她耳邊迴響。

「因為鈴會哭，所以我不想死——」

他們是姊弟嗎？還是——

陽子突然抬起視線。

「鈴——?」

真奇怪的名字，感覺不像這裡的人名，反而——

一旦加入神籍，就會自動翻譯別人說的話，所以有時候反而礙事。即使陽子努力回想，也想不起少女說的是什麼話，甚至對她的容貌也毫無印象，只記得她那雙充滿沉痛悲傷的眼眸。

真糟糕。陽子咬著嘴脣。為什麼當時沒有察覺？早知道應該問她是在哪裡出生的。

陽子低頭看著沾了鮮血的衣服。

——要不要再去止水一趟？

想到這裡，她搖了搖頭。即使見了面，又該說什麼？自己放任昇紘魚肉鄉民，而且，慶國有歧視海客的法律，陽子無法廢除該法令，陽子一旦見到海客，根本無話可說。

「……我真是一個不中用的王……」

2

——人會哭，有兩種情況。

完全正確。鈴注視著放進墓穴內的棺材。

她以前從來不曾流過如此辛酸悲傷的眼淚。她悲痛欲絕，放聲大哭，泣不成聲，即使覺得內心已經被掏空了，仍然不時流下眼淚。

這是拓峰郊外的墓地，只有一個冷清的冢堂孤伶伶地建在那裡，像甕一樣的圓形棺材在那裡放置了一晚，如今漸漸消失在墓穴中。

「不要。」鈴忍不住懇求守墓人不要繼續掩埋棺材。清秀太可憐了。

——這種懇求毫無意義。她很清楚這件事。

守墓人拍了拍她的背，安慰著她，拉開她拚命抓住棺材的手，把棺材搬進了洞內，就在仍然不斷懇求的鈴面前，用石頭敲在棺材上，漸漸填滿了墓穴。

因為這個國家的人都是卵果所生，所以棺材也是圓形。從卵中出生，死後再回到卵內。父母從結出孩子的里樹上摘下卵果後，用石頭輕輕敲破卵果。用石頭敲棺材是希望死去的人早日獲得重生的咒術。為了祈願死者再生，所以都會使用圓形的素燒陶器棺材，再用石頭敲出裂縫埋入土中。

將墓穴填滿泥土，建了一個低矮的墳墓，守墓人離開之後，鈴仍然茫然地留在原地。

——我心裡很清楚。

清秀會死。她隱約知道這件事。清秀的症狀越來越嚴重，食慾也越來越差，身形日漸消瘦，渾身都是病。

景王願意幫助他嗎？王真的能夠救他一命嗎？

一定沒問題。鈴在相信這一點的同時，又覺得即使是王或王宮的御醫，恐怕也治不好清秀。

「但是，至少他不應該以這種方式死去……」

為什麼要輾死他？即使不這麼做，清秀應該也活不久。

「我……太笨了……」

鈴握緊泥土。

「我竟然……相信景王。為什麼沒有在吳渡帶他去看醫生？」

即使帶他去看醫生，可能也無濟於事。這種恐懼和希望景王伸出援手的愚蠢期待讓她遲疑。早知道應該在吳渡帶他去看醫生，在下船後，就直接帶他去。

——早知道不應該來這裡。

「清秀……對不起。」

她再度發出嗚咽。原來自己的淚水還未流乾。

「……對不起——」

太陽漸漸下山，鈴盯著自己的影子。

「姊姊，城門要關了。」

鈴茫然地轉頭看向背後，看到一個矮小的人影。鈴竟然產生了一絲天真的期待。

「妳要在那裡坐多久？妳從剛才開始就一直在發抖。」

「……不用你管。」
那個男孩大約比清秀大三、四歲，差不多十四歲左右，個子矮小，一頭漆黑的頭髮。
「慶國還沒有安全到夜晚也可以露宿在街頭，至少現在還不行。」
「……是喔。」
「即使妳哭得再傷心，死去的人也無法活過來。」
鈴瞪著少年。
「──你別管我，不要理我。」
「妳想被妖魔吃掉嗎？這也未免太自暴自棄了。」
「……你根本不懂，你趕快走吧。」
少年沒有回答，在不遠處目不轉睛地看著鈴。
「誰都不瞭解！沒有人瞭解我的心情！」
鈴叫喊著，少年靜靜地說：
「如果妳只是為了自己哀怨而哭，對死去的孩子太失禮了。」
鈴張大了眼睛。
──有一種眼淚，是覺得自己委屈、可憐──
「……你是誰？」
「我住在拓峰……要不要一起回城裡？」

鈴站了起來，再度看了一眼腳下的小墳墓。

「你知道他是誰嗎？」

「現在已經無人不知了……聽說是從奏國來的？」

少年伸出手，鈴順從地握住了他的手。男孩的小手很溫暖。

「他是慶國人……逃離祖國去了巧國，然後又從巧國逃出來，前往奏國，才剛回到慶國……」

「是喔。」少年輕說道，回頭看著身後的墳墓。「……真可憐。」

「嗯。」鈴點了點頭，再度淚流不止。鈴握著少年的手，哭著回到城內。

「你是拓峰的人？」

他們總算在城門關閉之前回到城內，走進城門，鈴不敢看右側的環途，用力握著男孩的小手撐了過去。在中央的大路上走了一段路後，才終於鬆開了手。

「對……姊姊，妳也是慶國人嗎？」

「不是，我來自才國。」

「路途真遙遠……妳有地方住嗎？」

「有。」鈴點了點頭，「謝謝你剛才叫我。」

「嗯。」少年注視著鈴，「妳要振作一點。如果走路不看前面，會掉進坑洞裡。」

「坑洞？」

「自我憐憫的坑洞。」

「是啊。」鈴低聲回答。這樣對清秀太失禮了——恐怕又會挨罵了。

「你說得對……謝謝你。」

「嗯。」

「你叫什麼名字？」

「——夕暉。」

「我問你，」鈴看著夕暉的臉問，「你知不知道輾死清秀的人有沒有被抓到？」

「噓。」夕暉向鈴使眼色，「不要這麼大聲說話。」

夕暉說完，把鈴帶進附近的小路。

「……那傢伙不會被抓。」

「那傢伙？——你認識那傢伙？」

「如果妳是問那傢伙是不是我朋友，我會回答不是，我才不屑和那種無恥的傢伙當朋友。」

夕暉的措詞強烈，鈴忍不住張大了眼睛。

「是誰？」

「這裡的人都知道，鄉長殺了外來客的男孩。」

「鄉長——」

「鄉長昇紘，妳要記住，那傢伙是止水鄉最危險的人。」

「……殺了？是他殺了清秀嗎？」

「那個孩子跑到昇紘的馬車前，馬車停下了，所以就……」

「所以就？只因為這種事就……」

「對昇紘來說，這個理由已經很充分了。」

「太可惡了……」

鈴背靠著牆壁，身體慢慢滑下去，坐在地上。

「清秀無法直直走路……」鈴抱著自己的膝蓋，「早知道我應該背著他，帶他一起走……」

為什麼當初沒有這麼做？清秀已經骨瘦如柴，自己應該背得動他。

「姊姊，妳不可以自責。」

鈴搖了搖頭。怎麼可能不自責？

「——妳不可以恨昇紘。」

「——為什麼！」

夕暉的臉上露出某種極度強烈的情緒。

「因為一旦恨昇紘，就會慘遭他的毒手。」

說完，他把頭轉到一旁說：

「早知道不應該告訴妳……」

3

祥瓊和樂俊一起從柳國東部翻越高岫山，進入了雁國。剛越過邊境，立刻看到井然有序的街道，祥瓊忍不住瞪大了眼睛。

他們沿著高岫山的山脊來到山谷，沿著蜿蜒的山路而行，在半山腰的城鎮住了一晚，然後繼續向上攀登，在一座山峰山頂上，有一個利用斜坡形成的城鎮。高大的隔牆豎立在細長形的城鎮中央，那裡有一個巨大的門闕。門的這一側是柳國，過了那道門就是雁國。隔牆的這一側和那一側的道路、城市的樣子都迥然不同，令人感到格外有趣。

經過門闕後，那條因為磨損而凹陷的石板路立刻變成了整齊的石板路。大馬路中央留著車輪的痕跡，左右兩側擠滿了小店，行人和馬車都一起擠在馬路上；經過門闕，進入雁國後，小店井然有序，行人都走在小店和大馬路之間。

「好壯觀……」

道路兩側都是高大的建築，其中有幾棟是石造建築，有四、五層樓高，每扇窗戶都裝了玻璃。雖然柳國的街道上，高大建築的窗戶也都裝了玻璃，但柳國的街道散發出一種老舊陰鬱的感覺。可能是因為建築物老舊的關係，也可能是建築物前的老舊石板上都是結了冰的水窪所致，或是窗戶上的玻璃都霧濛濛，或是打破的關係。總之，柳國的街道好像在拚命模仿雁國，卻因為模仿而精疲力竭，最後終於決定放棄。

——我之前就聽說這個國家很富強。

雁國是北方各國中最富強的國家，但眼前的景象完全超乎了祥瓊的想像，她看得目瞪口呆。

「雁國也是寒冷的國家，為什麼會有這麼大的差異？」

論氣候，芳國和雁國並沒有太大的差別，雁國雖然位在芳國的南方，但冬天的時候，大陸東北方會吹來刺骨的季風，走在街上時，並不覺得越靠近雁國就越溫暖。

「有很大的礦山嗎？」

她轉頭問樂俊，樂俊笑著說：

「沒有，雁國不同於芳國和柳國，什麼都沒有，只能種小麥、養牛而已。」

樂俊告訴她，雁國的城市都很大，商業也很繁榮，但國家的財富大部分都來自農田的收成。

「沒想到竟然會有這麼大的差異。」

「那是因為主上的格調不同。」

「王的不同？有這麼大的差異？」

「國家持續五百年不荒廢，就是極大的差異。」

「但是……」

「只要王坐上王位，首先天災會減少，一旦沒有戰禍和天災，人口就會增加，這些人努力開墾，農地就會增加。只要好好照顧農田，就可以獲得豐收。國家妥善管理百姓種出來的穀物，避免價格下跌。國家治理土地，國庫漸漸豐盈，就會建設國家的每個地方。」

樂俊又接著說：

「比方說，挖溝渠以備雨期之需，在溝渠上建小橋。為了避免小橋坍塌，所以採用石橋。在影響道路通行的溝渠上加蓋。國家制定了明確的方針，並以此進行治理，十年、二十年的時間無法充分建設國家的每個地方，只有長年實施一貫的方針，才能讓這種邊境的城鎮也整備得如此完善。」

祥瓊的父親在位三十年，先王在位不到五十年，眼前就是一個王在位五百年的漫長歲月統治的結果。

「王短命的國家很可憐，因為即使開了一家店，而且辛辛苦苦擴大了規模，洪水一來，全沖走了，一切又要重新開始。」

「是啊……」

「峰王以嚴苛出名，雖然可能不該在妳面前說這句話，但有這樣的王，百姓也很不幸。」

祥瓊瞥了樂俊一眼。

「是嗎？」

「王必須為百姓謀福，從來沒有任何一個欺壓百姓的王能夠長久在位。當百姓目前生活痛苦，代表在不久的將來，王崩殂之後，生活將會更加痛苦。事實上，如果連宰輔也死了，必須等五到十年之後，才會有新王出現，有些甚至要等二十年。持續二十年天災不斷，土地會荒廢殆盡，百姓根本難以維生。」

「每個王都努力為百姓謀福，但這種努力未必能夠馬上看到結果，一旦國家荒廢，人心也必定荒廢，亂世必須用重典，讓失序的百姓安分守己，你不認為這是必要之舉嗎？」

至少祥瓊的父王曾經這麼說，每次頒布新的法令時，必定有官吏提出，該項法令太嚴苛，但父王每次都說，這是整肅國家的必要之舉。

「在某種程度上可能的確需要，但凡事都有限度，王之所以崩殂，代表過猶不及。」

「芳國的王之所以崩殂，並非天命已盡，而是篡位者弒君。」

樂俊點了點頭。

「惠州侯起兵討伐峰王——弒君固然是滔天大罪，卻並不一定是大惡。在王導致國家荒廢殆盡之前，起兵討伐，阻止國家繼續荒廢，事實上，的確可能因此拯救了國家。」

祥瓊低下了頭，她似乎終於瞭解百姓為什麼對父王仲韃恨之入骨，為什麼像月溪這種篡位者能夠深得民心。因為百姓認為仲韃會讓國家更加荒廢，所以對於在更嚴重的荒廢之前做出決斷，阻止國家荒廢的月溪讚不絕口。至少百姓如此評價月溪，所以，他們對沒有勸阻王的祥瓊也同樣恨之入骨——

「走吧。」樂俊催促道，祥瓊從略顯冷清的柳國街道，踏進了洋溢著熱鬧景象的雁國，門闕兩側的城鎮都叫北路。

進入雁國時，必須檢查旌券。按照慣例，越過國境時，必須出示旌券接受檢查，取締罪犯通行，同時檢查攜帶的行李。即使沒有旌券，也不會遭到遣返，但必須接受官吏的訊問。

祥瓊事先聽說過這件事，所以略微緊張地告訴門卒，自己沒有旌券。門卒示意她去門旁的那棟建築，但另一名門卒制止了她。

「喔，沒關係——他們是一起的，讓她通行吧。」

門卒說完，恭敬地行了一禮，把旌券還給樂俊。祥瓊偏著頭納悶，經過門闕後再度問樂俊：

「你到底是什麼人？」

「俺說了，只是學生而已。」

「我越想越覺得你很可疑。」

「……說來話長，就好像妳也有曲折的故事。」

「我覺得你好像在調查柳國。」

「妳也算是說對了——俺很想找機會看看其他國家，俺在巧國時，曾經聽到很多關於雁國的事，但實際去了之後，發現和俺聽說的大不相同。學校從新年到春天剛好在放假，俺打算利用假期去其他國家走走看看。俺提起這件事時，剛好有人願意為俺安排去柳國，但希望俺能夠報告柳國目前的情況，俺就答應了。」

祥瓊瞥了樂俊一眼。

「比方說，柳國有沒有開始荒廢嗎？」

「嗯，」樂俊點了點頭，「這是非常重要的事，如果柳國果真開始荒廢，國境就會越來越危險，難民會從柳國湧入雁國，必須做好接受這些難民的心理準備。有沒有這種心理準備，結果會大不相同。」

「所以，雁國的高官要你去調查嗎？」

「對——雁國是一個出色的國家，物資豐饒，土地和人民都得到妥善管理，但並不代表沒有隱憂。」

樂俊回頭看著身後，看著門闕，然後又指著門的另一端。

「柳國那一側的街道很落魄，如果要住宿，住在雁國的旅店當然更舒服，但在傍晚的這個時間，有人前往柳國——妳覺得是什麼原因？」

祥瓊回頭看了看，偏著頭感到不解。

「聽你這麼一說，的確很奇怪，竟然有那麼多人出境。現在這個時間，恐怕來不及趕到另一個城鎮。」

「因為雁國並沒有廉價的旅店。」

「啊？」

「雁國的百姓都很富裕，即使住旅店時，也不需要住在和陌生人雜居在一起的旅店，所以很少有這種廉價的旅店，即使有，恐怕也只有會賴帳的窮人投宿，旅店也不喜歡這種客人——只不過並不是所有住在雁國的人都很富裕，還有遊民、難民和三餐不繼的人，雁國很少有這些人住宿的旅店，旅行時也一樣，雁國只有馳車。」

幹道上都有兩匹馬拉或四匹馬拉的馬車，也就是馳車在奔馳，把乘客從幹道旁的城鎮載往另一個城鎮，馬車通常都是近郊的農民利用閒暇時間載客，但馳車是專門載運客人的業者。

「雁國很富裕，農民不需要在農閒期用馬車賺零用錢，通常只有達官貴人才能坐的馳車，在雁國，平民百姓也能夠搭，而且價格很便宜，但畢竟沒有馬車那麼便宜。因為雁國的百姓很富裕，所以並不會在乎這點小錢，只不過窮人沒有馬車可搭，所以只能在寒風中靠雙腳趕路。」

祥瓊再度回頭看著門闕，前往柳國的旅人的確臉上都帶著疲色，衣著打扮也像是窮人。有很多人都走向門旁的建築物，可見很多都是沒有旌券的遊民和難民。

「雁國很富裕，所以很多難民都會逃來這裡，但雁國的人民和逃亡而來的難民之間的貧富差異很明顯，無法住旅店的窮人睡在馬路旁就會凍死。不希望自己凍死路旁的人在走投無路之際，只好偷旅人的錢——難民是雁國最大的問題，在一些大城鎮，難民和遊民比雁國本國的人民更多，難民的處置是雁國這數十年來最頭痛的問題。」

「所以會關心柳國的情況……」

「就是這麼一回事。」

「——在你旌券反面背書的是誰？」

樂俊搖了搖尾巴，沒有回答。

「不能讓我看你的旌券嗎？」

祥瓊問，樂俊默默從懷裡拿出旌券，背面用漂亮的毛筆字寫著「雁州國冢宰院白澤」。

「……冢宰。」

樂俊抖動著鬍鬚。

「俺並不認識冢宰，是借給我騶虞的人請冢宰幫忙。」

冢宰是諸官之長，既然能夠請冢宰幫忙做事，代表那個人接近國家的中樞。

「……太厲害了。」

樂俊抓著耳朵下方。

「俺並不是什麼大人物，只不過剛好認識景王，所以……」

「景王……」

祥瓊在叫這個名字時，心裡感到一陣刺痛。

「為什麼……像你這種……」

「像俺這種半獸會認識景王嗎？」

被樂俊這麼一問，祥瓊慌忙道歉說：

「對不起。」

「不必道歉，妳也看到了，俺就是半獸，但俺並不認為自己低人一等，雖然有時候覺得有點吃虧。」

「我不是這個意思。」

「嗯……俺認識景王，和她是朋友。俺覺得她是俺的朋友，她也說俺是她的朋友，在周圍人眼中，可能覺得匪夷所思，俺起初也有點抗拒，因為她畢竟是一國之王，怎麼可以把王稱為朋友，沒想到俺這麼說，被她罵了一頓。」

「……景王嗎？」

「嗯，她說，人和人之間的距離，就只是所站的位置之間的距離而已。」

樂俊羞赧地笑了起來。

「她昏倒在野外時，我把她救回家裡，然後帶她來到雁國。」

祥瓊張大了嘴巴。

「昏倒在路旁？景王嗎？」

「因為她是海客——她是胎果，漂流到這裡時，進入了巧國，巧國會殺海客，她四處逃命，最後昏倒在野外。」

祥瓊按著胸口。她一直以為那個成為一國之王的少女輕輕鬆鬆地得到了這份幸運。

「起初俺把景王帶去關弓，期待可以因此謀得一份工作，也算是對俺的犒賞，但是，和她相處了一陣子後，發現自己的這種想法很卑鄙——她說要給俺犒賞，問俺想要什麼。原本俺打算說想去少學讀書，但脫口說出俺想讀大學，而且還拍胸脯保證，俺之前在家裡就很用功讀書，讀大學絕對沒問題。」

祥瓊帶著複雜的心情看著樂俊。

「即使你帶我到雁國，也不會有人給你犒賞……」

「俺不是為了這個目的，而是在牢裡的時候，看到妳很痛苦。」

「我嗎？」

「當時的妳看起來很痛苦、很痛苦，好像快撐不下去了。」

樂俊瞇起眼睛。

「——俺第一次見到景王時，她也一樣。」

「……所以你救了我。」

樂俊笑著說：

「所以我不是說了嗎？俺天生是這種命。」

第十一章

十二國記

1

雁國位在柳國的東南方，冬天的氣候和柳國並無太大的差異。和柳國一樣，如果沒有馬車，很難在冬天旅行。因為雁國沒有馬車，所以都搭馳車，馳車拉著牢固的客車，沿著整備完善的幹道南下。

窮人只能結伴在幹道上趕路。刺骨的寒風吹來，即使走在路上，身體也快結冰了。旅人胸前都抱著釿婆子，拎著裝了少許木炭的袋子和木柴，低著頭走在路上，太冷的時候，就在幹道上燒柴火取暖。馳車超越這些旅人，在幹道上奔馳。

「這麼冷的天氣，走在路上一定很辛苦……」

祥瓊對坐在對面的樂俊說。客車上有兩張三人座的椅子相對，但目前只有祥瓊和樂俊兩名乘客。

「祥瓊，妳真的要去戴國嗎？」

祥瓊嘆了一口氣。

「其實我想去慶國。」

「什麼？」

「我原本打算去慶國當下官接近景王，然後取悅她，再伺機篡奪她的王位——雖然有一半只是想想而已，但另一半是認真的……你聽了會生氣嗎？」

樂俊翹起鬍鬚說：

「俺不會生氣……但如果真的發生這種事，俺沒臉見景王。」

「是啊。」祥瓊笑了笑。

「所以我想要有戶籍。因為我聽說只要去戴國，就有船可以去慶國，在慶國可以得到土地和戶籍。」

「喔，」樂俊看著上方，似乎在回想，「好像之前有聊到這件事。」

「原本打算騎著吉量去戴國，但後來覺得先去慶國，找一個可以給我土地的地方也不錯。」

祥瓊說著，注視著自己放在腿上交握的雙手。

「其實我念念不忘自己的公主身分……不想失去住在王宮，過著錦衣玉食生活的自己，覺得在農田幹活，穿著粗布衣服很丟臉……聽說景王和我年紀相仿，就很嫉妒她，無法原諒她擁有我失去的一切。」

「是喔……」

「老實說，我至今仍然很排斥住在廉價旅店，覺得穿毛織的衣服很丟臉……但是，這一切都是對我的懲罰。」

她交握的雙手更加用力，粗糙的手指變得很白。

「我以前在王宮時整天吃喝玩樂，完全沒有做任何事，根本不知道百姓怨恨父王到想要殺了他……我根本不願意去瞭解這些事，目前的一切，是對我在王宮那段生活的懲罰。所以月溪——惠州侯註銷了我的仙籍……我終於明白了這件事。」

「……嗯。」

「因為我不是公主了，所以只能住去里家，我還未成年，也沒有能力當官……所以被送去里家，以前我完全不知道這些事……」

「妳現在終於知道了，這樣不是很好嗎？」

「是啊，」祥瓊笑了笑，「景王是怎樣的人？」

「她的年紀的確和妳差不多。」

「但不會像我這麼愚蠢。」

「她也這麼說，說自己很愚蠢，懷疑這樣的自己有資格成為王嗎？」

祥瓊又笑了。

「……真的很像我。」

「的確，但是妳比她更有女人味，她整天板著臉。」

祥瓊小聲笑著，看著窗外的風景。

「我想去慶國看看……」

我很想見見景王——即使無法見到她也無妨，至少想看看她打造的國家。

「雁國各地都有把難民送回慶國的旅團。」

祥瓊看著樂俊。

「因為景王登基，難民都紛紛回國嗎？」

「因為有很多人都想回慶國，雖然不知道新王是怎樣的王，但當初是在延王的協助下登基，所以難民都很興奮，覺得她一定很了不起。」

「喔……我也聽過這個傳聞，但未必一定是明君。」

「是啊……但比起繼續留在雁國，至少回自己的國家比較好，有了土地之後，就可以慢慢過上安穩的日子。」

樂俊苦笑著說。

「當初因為對慶國不抱希望而逃走，只不過難民在雁國的生活並不輕鬆，雖然勝過留在逐漸荒廢的祖國，雁國也很照顧難民，但看到雁國的人民過著豐衣足食的生活，就不由得感到心酸。如果想成為雁國的國民，必須在雁國向官府購買土地，或是成為官吏，但兩者都不是簡單的事。想要在雁國生存，只能以遊民的身分被富農雇用種地，或是受雇成為店員，所以難民都很懷念祖國。」

「我能夠體會……」

「俺運氣好，很幸運可以讀大學。和其他國家的難民相比，慶國的難民也很幸運。」

「是嗎？」

「因為景王和延王很有交情，景王拜託延王，請他多照顧慶國的難民，延王也答應了，光是這樣，慶國的難民就受到了更多的照顧，至少雁國會送慶國的難民回國，而且費用都由雁國和慶國兩個國家負擔。慶國和雁國之間在這件事上有共識，但其他國家的難民就沒這麼幸運。」

「是啊……」

「景王也很幸運，因為有雁國做為強力的後盾——希望她可以好好加油……」

慶國的地理位置比芳國更南方，不知道是怎樣的國家。

「只有慶國的人才能參加那個旅團嗎？」

「並不只限慶國的人。因為如果沒有旌券，根本沒辦法調查，而且有人家被燒了，逃出來時來不及拿旌券——不過，如果妳無論如何都想去慶國，俺可以送妳到高岫。」

「——樂俊。」

「多摩——我是說那頭騶虞會在下一個城鎮等我，有牠的話，兩天就可以去高岫山，然後回去關弓。」

祥瓊看著東南的方向。

「我去慶國也沒關係嗎？」

「妳去吧，去看看慶國。」

「……那就這麼辦。」

「等妳看夠了，可不可以來關弓，告訴俺那裡的情況？」

祥瓊點了點頭。

2

——昇紘。

昇紘殺了清秀。

鈴蜷縮在旅店內，滿腦子只想著這兩句話。

「……我無法原諒他。」

在她一次又一次嘀咕時，聽到了敲門聲。是旅店的小廝。

「客倌，城門已經開了，您還要繼續住宿嗎？」

鈴從懷裡拿出錢囊。

「我打算多住幾天——這是訂金。」

她付了五天的住宿費——離堯天只有五天的行程。

「喔，好。」

小廝檢查了錢囊裡的錢，慌忙離開了。鈴目送他離開後，雙眼看著半空。

「……我絕不原諒昇紘……」

那天之後，鈴整天都在街頭徘徊，假裝四處遊山玩水，但不時向人打聽昇紘的情況。

這裡的人口風特別緊，絕對有什麼原因讓他們有口難言。

起初她想去向昇紘興師問罪。

但在街上走了五天，她意識到這是不可能的事。昇紘是擁有龐大勢力的鄉長，是雄霸止水鄉的土霸王。他徵收的稅金遠遠超過國家規定，然後把差額中飽私囊。他催稅時不擇手段，玩弄法律，隨心所欲地處罰人民。

街上的人都說，雖然他無法無天，卻從來沒有人追究他的責任，以後恐怕也不會有。昇紘用向百姓壓榨來的稅金收買高官，確保自身的安全。

鈴也想過直奔堯天，向景王控訴昇紘。雖然謁見景王並非易事，但有采王背書的旌券，或許能夠見到一面。

但是，當她在街頭繼續徘徊了五天後，放棄了這個念頭。

昇紘的無法無天比她在街頭走了五天所知的情況更嚴重，鄉內怨聲載道，但因為昇紘的殘酷鎮壓，所有人都敢怒卻不敢言。

有人告訴她，昇紘實施了「七成一命」的苛政。

土地收成的七成要納稅，只要稍有短少，就必須用一條性命支付。可以自己出面送死，或是拿家人的腦袋去交差。

昇紘經常去廬狩獵，心血來潮時，就去近郊的廬，擄掠女人和小孩。幾天之後，那些被擄走的人被折磨得不成人形後獲釋。

——不時有商人從巧國的邊境來到止水鄉，也有戴國的船隻抵達這裡。馬車上、船艙內載的都是人。他殺人無數，然後用花言巧語從荒廢的國家把遊民和難民騙來止水。他派人把大量糧食運往荒廢的國家，發給那些失去家園、土地的民眾，好久沒有吃到糧食的難民以為止水是多麼豐饒的地方，以為派馬車和船隻前去接他們的鄉長多麼有情有義。馬車和船隻卸下糧食後，就載了人回來。為了土地和戶籍來到此地的人，事後才發現自己上了賊船。

為什麼？

鈴怒不可遏。

——為什麼景王允許昇紘這種豺虎繼續當官？

街頭紛紛耳語，昇紘之所以能夠魚肉鄉民，卻又不會遭到處罰，是因為他的後臺很硬……也許他的後臺在堯天，而且是在堯天的金波宮，這個國家最高的地方。

有人說，予王就是他的後臺。

先王對治世毫無興趣，完全不關心哪個官吏在哪裡做什麼，只要極盡拍馬奉承之能事，進貢美玉絹帛，就可以免於被治罪。

——因為是女王。拓峰的人都這麼說。

慶國和女王不合，從來沒有女王能為慶國帶來太平盛世。

鈴忍不住笑自己。

原本以為來自蓬萊的景王是溫柔、充滿慈悲的人，是這個世界上唯一能夠理解自己的人。

——太可笑了。

景王曾經是鈴的希望，也是她所有的嚮往，更是她的精神支柱。不知道有多少次，她希望可以見到景王一面——如今才發現，自己多麼愚蠢。

「我無法原諒，無論是昇紘……還是景王。」

鈴離開拓峰前往堯天，一如預期，在第五天抵達堯天，在那裡使用了烙款，在界身提領了所有的錢。采王得知後恐怕會皺眉頭，但她現在無暇理會這些事。

提領完錢的第一件事，就是前往官方許可的架戟。

普通的武器無法對抗妖魔，如果用普通的刀劍，刀刃可能會折斷。只有施以特術咒術的武器才能和妖魔對抗，只有國府冬官府生產這種武器，所以稱為冬器。冬官許可的商人才可以批發、販售冬器，冬器商人稱為架戟。因為店門口都會掛著官方許可的牌子，同時架著一把戟，因此稱為架戟。

架戟販售鎧甲和兵械，用來綁住妖魔和妖獸的繩子和鎖鍊也只有在這裡販售。回想起來，以前往在才國時，她曾經多次前往遙遠的西南方，去琶山山麓的架戟，為照料洞主梨耀騎的赤虎的廄舍男僕購買鎧甲。

和普通的武器行不同，架戟的武器還有一個不為人知的特質——可以用來砍殺仙人。

鄉長的身分是下大夫，是如假包換的仙，需要特殊的大刀才能砍殺。

鈴在店內物色後，選了一把短劍，雖然她不知道使用方法，但她需要這把短劍。架戟不輕易把冬器賣給客人，采王背書的旌券第一次派上了用場。

離開架戟後，她又去了騎商，那是專門販售騎獸的特殊商人。鈴不需要牛或馬，她需要比馬更快，可以跨越所有阻礙的騎獸。

這些用於騎獸的妖獸都是在黃海捕獲，在妖魔橫行的黃海上獵捕妖獸的狩人稱為獵屍師。因為他們帶著同伴屍體回來的次數，遠遠超過成功獵到妖獸的次數。騎商調教獵屍師捕獲的妖獸成為騎獸，那也是隨時和死亡打交道的行業，所以騎獸的價格都很昂貴，如果能夠捕獲最珍貴的騎獸騶虞，並能夠調教成功，就可以一輩子不愁吃穿。

鈴走進店內，小店內只有一個中年男人在翻帳簿。

「——歡迎光臨。」

男人抬起眼睛說道，他的右側臉頰至頭頂有一道很深的傷疤，右眼也瞎了。

「我想買騎獸。」

「——多少錢？」

男人問她願意出多少錢，鈴把匯票放在桌上。

「這些錢能夠買到什麼？」

男人看了一眼匯票，輕輕地哼了一聲。

「要會飛的？還是跑得快的？」

「要會飛的，而且要聽話的騎獸。」
「妳會騎鳥嗎？」
騎妖鳥不是一件容易的事。
「不會——如果可以，我希望是馬。」
「那就是三騅，其他的更貴。」
「那是怎樣的妖獸？」
「一身青毛的馬，雖然無法飛到空中，但腳力很好，如果只是越過河流，牠就綽綽有餘了。牠不是很快，差不多是普通馬的三倍，但也很容易累，如果妳合意的話，有一匹馴化得很好的三騅。」
鈴點了點。
「那我就要那個。」
「妳住哪裡？」
男人之所以這麼問，是因為騎獸並不在這裡。鈴報上了自己的名字，以及投宿的旅店名字。
「——我會帶去那裡。差不多要七天吧，如果妳三天就要，可以讓三騅趕路，但必須休息一天，因為剛換主人，需要讓牠休息。」
「七天沒問題。」
「先付一半訂金，剩下的錢，一手交錢，一手交貨。」

鈴點了點頭。

「沒問題，那我就等你。」

如鈴所說，她用剩下的錢勉強度日，在旅店等待騎獸的出現。這裡是嚮往已久的堯天，凌雲山麓下寬敞的階梯狀城鎮。

然而，她沒有絲毫的感動，只是為清秀不在身邊默默感到傷心。

——清秀，這裡就是堯天。

王宮就在仰望的凌雲山山頂，景王就在王宮內——這個愚劣的王竟然放任昇紘胡作非為。

鈴緊緊握著懷中的短劍。她打算殺了昇紘，然後騎著騎獸直奔堯天，利用采王背書的旌券謁見景王。

要怎麼罵她？昇紘——景王殺害了慶國不幸的孩子。

一如店主的預告，三騅在七天後送到了，店主派來的男人把香毬交給了鈴。香毬中焚著香，是綁在帶子上的圓形小飾品，裡面放了騎商調和的香。騎商就是靠這種焚香馴服妖獸，在賣給他人時，妖獸也會被這種香氣吸引，而不會產生疑問。之後再慢慢減少焚香的量，讓騎獸逐漸熟悉主人的味道。

但是，鈴對這些沒有興趣，牠不需要記住鈴也沒問題，只要能夠帶自己回到堯天，即使牠被騎垮了都沒問題。

鈴在堯天停留了三天適應三雖，然後踏上歸途前往拓峰，準備前往止水鄉。

——清秀，我很快就可以為你報仇了。

要讓昇紘和景王都體會清秀的痛苦。

3

陽子完成早上的工作後，送遠甫和其他人出門。這裡的小學並沒有規定到幾歲為止，所以蘭玉和桂桂一起上小學。小學主要教閱讀、書寫和數學，虛歲七歲，足歲五歲開始上學，但這裡沒有畢業，大人也可以上學，大人抱著的喝奶孩子也可以去學校，那裡就是一個輕鬆的地方，大家聚集在一起學習一些比聊天更有意義的事。所以只有里人從廬回到里的期間才要上小學，小學在春天至秋天期間都關閉，只有得到小學校長閭胥的推薦，才能夠繼續升學。

陽子在空無一人的里家內陷入了煩惱。她想起那個叫鈴的少女，是否該去拓峰找她？派去堯天的班渠還沒有回來，這也是她猶豫的原因之一。她在準備午餐時，一直在為這件事煩惱。

「——陽子！」

遠甫總是和桂桂、蘭玉一起出門，一起回家。他們三個人回家時，桂桂最先衝回正房。

「你們回來了。」

「我跟妳說，有客人。」

「——找我的？」

「嗯。」桂桂點了點頭，回頭看向身後，蘭玉和遠甫一起走了進來，對陽子露出意味深長的笑容。

「……客人說，他在辰門附近的榮可館旅店等妳。」

「旅店？」

蘭玉偷笑著走進廚房，躲在牆壁後方向陽子招手。

「是一個男人。」

陽子皺起眉頭，腦海中浮現在拓峰那家可疑的旅店內遇見的男人。

「該不會是看起來很粗獷的男人？個子很高？」

蘭玉低聲笑著說：

「身材很修長。」

「那是十四、五歲的男孩？」

如果不是那個大個子男人，難道是那個制止男人的少年？陽子暗想道，蘭玉輕輕瞪了陽子一眼。

「妳真是的，竟然把人家忘記了，太過分了——他說，只要告訴妳，僕人來了，妳就知道了。」

陽子張大了眼睛。

「竟然自稱是僕人，妳真是駕馭男人有方。」

陽子慌忙搖著手。

「沒、沒這回事，不是妳想的那樣。」

「啊喲，妳害羞了，那個人很帥啊，衣著也很氣派。」

「不是妳想的那樣——那傢伙說了什麼？」

「那傢伙？你們真的很親密。」

蘭玉放聲笑了起來，捲起袖子，走去廚房。

「妳趕快去吧，如果今晚不回來，要記得說一聲。」

「……果然是你。」

陽子說完，走進旅店的客房，瞪著坐在廳堂內那張平靜的臉。

對方納悶地張大眼睛，微微偏著頭，但立刻恭敬地鞠了一躬，包著頭髮的布巾從肩膀上垂了下來。

「很抱歉，把您找來此地。」

他的衣著的確很有氣派，雖然已經比平時樸素，但他當然不可能穿官服出門，所以也不足為奇。

「你找我出來的方法太令人意外了。」

「——啊?」

為陽子帶路的小廝用意味深長的眼神看著他們，然後轉身走了出去，而且自動把房門關上。陽子深深嘆了一口氣。

「算了。」

陽子嘆著氣說完，在椅子上坐了下來。她的腳下傳來竊笑聲。

「是班渠吧?你可以派班渠來找我。」

「臣想看看里家到底是怎樣的環境——有什麼問題嗎?」

「沒關係。景麒，你特地來此地有什麼事?」

景麒從腿上的書盒中拿出一疊紙放在桌上。

「您帶了御璽嗎?」

「原來是為這事。」

陽子苦笑著搖了搖頭。

「你應該早說啊——我沒帶。」

「那臣把書狀放在您那裡，明天讓班渠送來。」

「好。」

陽子把書狀連同書盒一起接了過來。雖然把政務全權託付給景麒，但向高官頒布的政令需要王的御名和御璽。她翻著書狀瀏覽——陽子看不懂漢文，所以真的只是瀏覽而已，要請景麒讀給她聽，她才能理解內容。

「里家的情況怎麼樣？」

「——嗯？是個好地方，遠甫很好，里家的小孩子也都很乖。」

「看來似乎如此，真是太好了。」

「雖然並不是完全沒有問題……」

聽到陽子小聲嘀咕，景麒也壓低聲音說：

「此行也是為了這件事。關於您要臣調查昇紘的事，臣根據官籍向其他官吏打聽，和州止水鄉鄉長簡直惡名昭彰。」

「和州很有問題，無論是州侯呀峰，還是昇紘都一樣。」

「因為有很多踰矩的行為，所以諸官紛紛要求加以處罰，但因為有呀峰的包庇，無論大事小事都由呀峰袒護，至今仍然無法處置昇紘。」

「遠甫說呀峰是沒有尾巴的豺虎。」

「沒錯。」

「幸好止水並不遠，我會繼續觀察鄉長昇紘，可能會找時間去和州的首都看看……」

「太危險的話——」

「我不會去做，會十分小心。」

景麒瞥了陽子一眼。

「真的嗎?您身上有腥味。」

「啊?」

陽子慌忙嗅聞著身上的袍子。

「是血腥味吧……但似乎並不是主上所為。」

「……喔,我只是剛好遇到一場車禍。那是昨天的事,還有血腥味?」

「因為並不是有仇怨的血,所以味道很淡,但您務必要十分小心,否則臣會很傷腦筋。」

仇怨的血。陽子苦笑起來。她想起之前和偽王作戰時,景麒經常這麼說她。即使名正言順,一旦殺了人,或是命令他人殺戮,殺戮的血必定會帶著仇怨糾纏陽子。麒麟不但怕血,仇怨之念也會令他們感到痛苦不已。

「……我會小心。」

景麒——麒麟無法吃有腥味的食物。雖然不是完全無法接受,但即使食用油煎或油炸的食物,也會影響他們的身體。延麒六太曾經告訴她,漂流到蓬萊的麒麟之所以無法長命,就是因為這個原因。沒有王的麒麟壽命只有三十年左右,漂流到蓬萊的麒麟更只有三分之一左右的壽命。

——麒麟就是這樣的神獸。

「我真的會小心……」

「拜託您了。」

「——堯天的情況如何？」

陽子努力用開朗的語氣問道，景麒愁眉不展，輕輕嘆著氣說：

「主上不在的話，還是……」

朝廷命官仍然爭權奪利，分成兩大派。雖然兩派的首領，前冢宰靖共已經喪失實權，反對派的頭領太宰也死了，但分裂的狀況仍然沒有改變。因為沒有權力，所以他們的興趣漸漸從統治轉為勢力之爭上。

有人煞有其事地說，王對有人試圖弒君感到害怕，所以逃回了蓬萊；有人說她逃去雁國尋求庇護；還有人說，其實她躲在內宮深處，甚至有人說，前麥州侯浩瀚把王擄走了。總而言之，這些人都指責景王棄王位不顧，同時懷疑她是否會再度回到王位上執政。

聽到景麒的報告，陽子再度嘆著氣。

「原來是這樣……」

「也有人說，主上為自己無法按自己的方式運作朝廷感到著急，所以打算請求延王，從雁國延攬官僚回朝。」

「什麼？」陽子張大眼睛，輕輕咬著嘴唇，但隨即苦笑起來。

「……原來如此，大家以為我少了延王的援助就一事無成……」

雖然這是事實，但讓人覺得自己依賴延王，還是令她懊惱不已。

「雖然臣認為應該不可能，但主上真的完全沒有這種想法嗎？」

陽子的肩膀抖了一下，看著景麒。

「……為什麼特地問這個問題。」

陽子的一對碧眼中露出強烈的眼神。

「你認為有必要特地確認嗎？」

景麒感受到陽子的怒氣，忍不住移開了視線。他雖然能夠承受妖魔的視線，卻不敢正視主人的眼神。

「景麒，不管別人怎麼說，你必須相信我。」

「……對不起。」

「因為最不相信我的人，就是我自己，就算別人沒有懷疑，我也懷疑自己是否具備了身為王的資質。不是曾經有王因為過度懷疑，最後失道了嗎？所以，即使全世界的人都懷疑我，你必須要相信我。」

「是。」陽子看著景麒點頭，攤開了手中的書狀。

「景麒，你要急著趕回去嗎？」

「太快回去，反而會引起很多麻煩。因為臣聲稱要去雁國。」

陽子噗哧一聲笑了起來。

「原來是這樣，那你要不要也去拓峰看看？」

「拓峰是在止水鄉嗎？」

「嗯，」陽子點頭，「和州的首都——我忘了叫什麼。」
「明郭嗎？」
「嗯，我打算去明郭看看，先去明郭，再去拓峰。我想瞭解和州的狀況，你乾脆為我帶路？」
「但是——」
景麒吞吐起來，陽子抬起一雙碧眼說：
「我希望你也去看看，瞭解一下在王宮絕對看不到的慶國景象。」
「——遵旨。」
「那先解決這些書狀——可不可以請你讀給我聽？」

4

「——遠甫。」
陽子叫了一聲，站在書房的屏風外等候，書房內傳來一個氣定神閒的聲音。
「陽子嗎？有什麼事？」
「打擾了。」陽子走進書房，遠甫正坐在窗邊的書桌前，回頭看著她。
「不好意思，我能不能告假數日？」

「沒問題——這次要去哪裡？」
遠甫一眼就看穿了她的想法，陽子苦笑起來。
「我打算去和州州都看看。」
「明郭嗎？妳很在意和州？」
「對。」陽子坦誠地點了點頭。
「蘭玉說，與其被分到和州，還不如隨便找個人嫁了，然後再離婚。既然和州這麼令人望而卻步，我想看看到底是怎麼回事……如果可以，我不希望蘭玉這麼做，蘭玉應該也不想，只是因為這個國家讓她不得不出此下策——」
遠甫突然笑了起來，陽子驚訝地睜大眼睛。
「遠甫？」
「原來在倭國對婚姻的問題很嚴肅。」
遠甫向陽子招了招手，陽子像往常一樣，坐在遠甫旁邊的椅子上。
「妳不要用這種方式同情她，在這裡，婚姻並不是太重要的事——在倭國，人為什麼要結婚？」
「……因為一個人太孤單。」
「如果因為這個原因，根本不需要結婚。在生存的過程中，如果沒有伴侶的確會很寂寞，所以人想要尋求別人的體溫，在這裡稱為相好。」
「呃，因為如果生了孩子，就會很麻煩……」

「在這裡，如果不向里樹祈求，就不會有孩子出生。有婚姻關係的人才能向里樹祈求——否則里祠不允許——如果只是想要伴侶，根本不需要婚姻。」

「喔，原來是這樣……」

「只有想要孩子才會結婚，如果不需要，相好就可以解決問題。但是，想要孩子時，夫妻必須一起去里祠——也就是說，夫妻必須同里，因為這是規定，所以一旦結婚，就會遷到同一個里，某一方遷到另一方所在的里。即使離婚之後，也不會遷回到原來的里。如果有人覺得自己的里很苦，就會去其他富裕的里求姻緣。」

「也可以用這種方式遷到其他國家嗎？」

「可以，但雙方首先必須取得相同國家的戶籍，因為這裡不允許和他國的人結婚，因為太綱這麼決定，所以也無可奈何。太綱規定，同里的夫妻才能祈求孩子，同國的男女才能結婚。」

「為什麼？」

「這個嘛，」遠甫苦笑著，「就要問里樹或天帝了，也許這件事和王必須是本國人有關，聽說之前曾經有王允許百姓和他國人結婚，但那對夫妻在里樹上綁了細帶，也遲遲無法結果，無法養兒育女，結果不得不廢止——可能是這個世界的哲理吧。」

「太不可思議了。」

陽子嘀咕道，遠甫輕聲笑了起來。

「倭國沒有神明吧？但這裡有天帝，天帝決定了世間的哲理，妳知道太綱之一的內容嗎？」

「以仁道治理天下？」

「沒錯，王可以違背這條太綱欺壓百姓，但一定會因此得到報應——同樣地，也可以制定違背太綱的法律，但絕對無法發揮作用。雖然不知道是因為世間有哲理，太綱是根據這些哲理所編，還是如傳說中所說，因為太綱是天帝所授的關係。」

「……原來如此……」

這裡的世界真是太不可思議了。陽子再度認識到這件事。

「之前從妳口中聽說，倭國的婚姻是為了守護家庭——是為了明確血緣的制度，但是，這裡沒有家庭的概念。在這裡，小孩子滿二十歲就要離家，無論再富裕的人，也無法讓兒女繼承家產。一旦到了六十歲，就要把土地和房子交還給國家。如果當事人堅持，也可以終生擁有，但即使終生擁有，死後也無法留給任何人。只有累積的錢財可以留給伴侶，因為這是夫妻雙方共同累積的財富，丈夫死了之後，可以留給妻子，但妻子死了，就要交還給國家。相反地，即使再怎麼貧窮的人，只要沒錢吃飯，國家就會提供糧食。」

「……那為什麼要養兒育女？」

遠甫笑了起來。

「因為據說是上天挑選具備身為人父、人母資格者，才會賜予孩子，也就是說，成為父母，等於人品獲得了上天的認同——聽說小孩子的靈魂會在三更半夜出竅，飛去五山，向天帝報告父母的情況，死後就以此審判每個父母。」

「……感覺很有宗教的味道。」

「應該說像修行——上天賜予孩子，把孩子養育成人，就像是修行。事實上，養兒育女沒什麼好處，但養育的過程很費心，也很花錢。」

「好不容易養到二十歲，又要離開家了。」

「沒錯，所以每個父母都盡力孝子、孝女，因為一旦被兒女輕視，等於被上天輕視，所以都透過兒女為上天奉獻。」

「是喔……」

「妳一定覺得很稀奇——這裡沒有人提什麼血緣，妳所說的血緣就是指同姓吧？一旦結了婚，就要入某一方的籍，雖然雙方姓氏不變，但夫妻雙方必須整合為一個戶籍。小孩子必定繼承整合戶籍的姓氏。這件事很有意義，當上天革除先王的天命時，同姓者不得承受天命。」

「是喔……」

「前一代景王——予王本姓舒，妳的父母並不姓舒。以巧國為例，之前崩殂的王姓張，所以下一代王不得是張姓者；芳國的王也崩殂了，他本姓孫，芳國的次王絕對不可能姓孫。」

「是嗎……所以我的朋友無法成為下一代塙王……」

「根據前例來看，張姓者不可能成為下一代塙王，這是——從出生的時候就有了姓氏，之後也無法改變，父母離婚之後，也不會改變，即使結了婚之後，仍然不會改變，所以每個人都會有固定的姓氏，姓氏的意義僅此而已。」

「這和倭國的常識完全不同……」

「老夫也這麼認為。」遠甫笑道。

「在倭國，似乎一旦結了婚，就要堅持到底，但這裡的人頻繁離婚，也頻繁結婚，也很樂意養育他人的孩子，帶著兒女再婚很受歡迎，而且孩子越多越好，因為這代表具有身為父母的資格，也就是這個人的人品很出色。」

「……原來是這樣。」

「也有人不想要兒子，這種人不需要婚姻，所以只要相好就好，因為一旦結婚，就有很多繁雜的手續。不想要孩子的人願意接受相好的方式，因為經常離家，如果和遠方的人相好，可能只有冬天的時候才能和伴侶見面。」

「原來是這樣。」

「如果夫妻雙方都是官吏，問題就更加嚴重。一旦成為官吏，就經常會調動，一旦結了婚，就不會拆開夫妻，所以升遷就會受到阻礙，有不少人不喜歡這樣，所以決定不結婚。」

「是這樣……」

陽子想起很多官吏都是單身，有婚姻的人，另一半通常不是官吏。

「對這裡的人來說，婚姻只是這種程度的事。如果想要孩子，就必須結婚，如果不想要孩子，婚姻就幾乎沒有意義。」

「是這樣喔。」陽子吐了一口氣。對蘭玉來說，比起要不要養育兒女，會被分到哪裡這個問題更重要。

「……真的和我想的不一樣……」

陽子嘀咕道，突然偏著頭問：「我可以結婚嗎？」

遠甫露出苦笑。

「王不是凡人。」

「是喔……」

「姑且不論已經結婚的情況，一旦登上王位，之後就無法結婚，雖然貴為一國之王，但也只能相好，所以也不能有兒女。相好的伴侶授予王后和太公的地位，只要公開，就和婚姻沒什麼兩樣──但是，慶國的百姓都是妳的子民，所以妳也是透過子民，向上天奉獻。」

「是啊。」

陽子點了點頭，對遠甫笑了笑。

「妳想去哪裡就去吧，好好看看自己的子民。」

陽子點著頭。

「那我明天之後會出門幾天。」

陽子躺在床上，茫然地看著天花板。

——百姓是子民，透過子民向上天奉獻。

陽子在故國時並沒有特別的信仰，她至今仍然無法理解信仰天帝是怎麼一回事，對她來說，為神奉獻聽起來更遙遠。

當她深深嘆息時，突然聽到一個緊張的聲音。

「主上——有人。」

「……什麼？」

「臣前去察看。」班渠說完後，就沒了動靜，不一會兒就回來了。

「剛才有五個男人在里家周圍出現。」

陽子坐了起來。

「——來者何人？」

「不知道——啊，他們消失了。」

「跟蹤他們。」

「遵旨。」班渠說完後就離開，翌日清晨才回來。

「他們在北韋逗留一晚後從城門離開，然後找了往拓峰的馬車。」

陽子綁緊了行李的皮繩。

「看來無論如何，都得再去拓峰看看。」

第十二章

十二國記

1

「——姊姊。」

鈴正在物色旅店，背後突然傳來叫聲。

因為有三騅同行，所以必須找有廄舍的旅店。騎商告訴鈴，雖然偷竊騎獸是大罪，但因為價格昂貴，偷竊者不斷。她記得這一帶好像有一家價格並不算太昂貴，同時有廄舍的旅店，就憑著印象在以前來到拓峰時，曾經投宿的一帶尋找。

回頭一看，在人群中發現了之前在墓地見過的少年。

「是你——」

他推開城門關閉前的洶湧人潮，跑到鈴的身旁。

「妳回來了？為什麼？」

鈴忍不住偏著頭問：

「什麼為什麼？」

「妳不是已經離開了嗎？聽旅店的人說，妳已經退了房，我以為妳離開拓峰了。」

鈴想起他叫夕暉。

「你怎麼知道我住在哪一家旅店？」

之前遇見夕暉時，他們在大路上道別，並沒有請他送自己回旅店。

「喔，」夕暉有點尷尬地聳了聳肩，「對不起，我跟蹤了妳。」
「為什麼？」
「因為我很在意——我擔心妳會對昇紘做什麼。」
鈴忍不住一驚。
「……怎麼可能？」
「那就好——騎獸？妳去買的嗎？」
「對，因為搭馬車膩了，況且原本要載的病人也已經不在了。」
鈴苦笑著。
「是喔。」夕暉垂下了雙眼。
「你來得正好，你知道哪裡有附設廄舍，但價格便宜的旅店？」
鈴的錢所剩不多，並不是只要有廄舍的旅店都可以隨便住。
夕暉猛然睜大了眼睛。
「我家就是旅店，只不過不太乾淨。雖然沒有廄舍，但可以把騎獸放在後院——別擔心，沒有人敢偷我家的東西。」
夕暉牽著鈴的手。
「妳去住我家吧，不收妳錢。」
夕暉的家位在偏遠僻靜的地方，聚集在路旁的男人都好奇地打量著鈴和三騅。

「……沒關係嗎？這一帶感覺好像不太安寧。」

鈴牽著三騅說道，夕暉露齒一笑說：

「不必擔心。啊，我家就在那裡。」

鈴順著夕暉手指的方向看去，雖然那是一家老舊的旅店，空間也不大，但打掃得很乾淨。夕暉跑向大門旁，打開木門向鈴招手。

「——這裡，妳從這裡進來。」

一走進門，是一條放了木樽和木桶的小巷，穿過小巷，有一個不大的庭院和菜園。夕暉指著菜園的圍牆說。

「把牠繫在這裡——牠要吃什麼？」

「普通的稻草和飼料葉就可以了。」

「那我會搞定，先給牠喝水吧。」

夕暉跑到水井旁，把吊桶丟了下去。這時，後門剛好打開了，一個必須抬頭仰望的高大男人走了進來。

「夕暉，這麼厲害的騎獸哪來的？」

男人問完後，將目光停在鈴身上，露出訝異的表情。夕暉拉起吊桶，笑著對男人說：

「那是她的，她要住在這裡。我上次不是提過嗎？曾經在墓地見到她。」

「喔。」男人點了點頭，咧嘴笑了起來。他的笑容很親切。

「是嗎？妳受苦了——進屋吧，雖然我家很破舊。」

「你也是這家旅店的人嗎？」

鈴被帶到廚房後，男人請她入座，她順從地坐了下來。男人用杓子從大鍋裡舀了熱水，裝進茶杯後，放在鈴的面前。他送茶的方式很粗獷。

「名義上我是老闆，實際上是夕暉在張羅。」

「你弟弟？」

「對——我被能幹的弟弟使喚。」

男人說完，大聲笑了起來。

「我叫虎嘯，妳呢？」

「大木鈴。」

「好奇怪的名字。」

「因為我是海客。」

「喔？」男人睜大眼睛。鈴內心也一驚。她發現在說自己是海客時心情很平靜，回想起來，以前每次說自己是海客，內心就有著某種期待。

「那一定吃了不少苦。」

鈴只是搖了搖頭。流浪的艱辛只是小事，她目前身體健康，也沒有失去雙親，更沒有被趕離家園，至少還活得好好的——她漸漸有了這種想法。

「哥哥，你怎麼可以讓客人坐在這種地方？」

夕暉走進廚房，輕輕瞪著虎嘯。

「沒關係啦。」

「當然有關係——哥哥，這裡交給我吧，你去找一些稻草或飼料葉回來。」

「好哩。」虎嘯爽快地答應，對鈴笑了笑，走出廚房。夕暉目送他離開，輕輕嘆了一口氣。

「對不起，我哥哥真的很不拘小節。」

「沒關係。真對不起，應該不容易找到飼料葉子吧。」

「別擔心。」夕暉笑著說：「我帶妳去客房，房間很破舊，請妳多包涵。」

這家旅店雖然地點偏僻，但並不是沒有客人。雖然只有四間客房，但鈴住在這裡的三天期間，不斷有客人入住，也有客人離開，而且有更多男人聚集在一樓的飯堂。衣著有點破舊的男人——偶爾也有女人——從早到晚都在飯堂內小聲討論，通往後院小路對面那戶人家也有客人出入。

——好奇怪的旅店。

鈴在整理行李時暗自想道，她考慮之後，把只剩下一點錢的錢囊放在行李上，只把一個細長形的袋子背在肩上，在夜色籠罩的後院，把鞍子放在三騅身上。

「——這麼晚了，妳要出門嗎？」

虎嘯從屋內走出來問道，鈴點了點頭。

「對，出去散散步。」

「城門已經關了，妳要去哪裡？」

鈴無法回答。虎嘯偏著頭，目不轉睛地看著鈴，然後說了聲：「路上小心。」他輕輕舉起手，廚房的燈光照在他手上的戒指上，發出淡淡的光。鈴點了點頭，握住韁繩，沿著小徑走到屋外。

——啊，那是鎖鍊。

鈴騎上三騅時想道。虎嘯手上的細戒指是圓形鎖鍊的鎖環。用細鐵線捲成像戒指般大小的圓形，然後將鎖環相連，形成一條鎖鍊。鈴之前曾經看過中低階層的人把這種鎖鍊掛在皮帶下方做為裝飾。虎嘯把鎖環拆下來戴在手指上，她記得在廚房的角落也掛著一截這樣的鎖鍊，看起來好像是什麼咒器。

——夕暉手上也戴了相同的鎖環。

不光是夕暉，有時候在客房走廊上遇到的男人，以及聚集在飯堂的男人——也許出入旅店的人全部都戴著這樣的鎖環。

鈴有一種好像發現了奇妙事物的感覺，她帶著狐疑的心情來到大路上。因為已經是深夜，街道上連醉漢的身影也寥寥無幾。

鄉城位在城鎮的中心，鄉府等府第都在城牆內，城牆內側是繞行一周的內環途，朝向東方有一棟大房子。

——昇紘。止水鄉的鄉長，拓峰的豺虎。

鄉長的官邸位在鄉城的內城，但昇紘除了官邸以外，在拓峰還有兩棟豪宅，在拓峰以外的空地一角，還有另一棟巨大的宅第。

鈴這一陣子在街上打聽，得知昇紘最近住在內環途旁的那棟房子。位在空地的那棟宅第專門用來招待賓客玩樂，內環途旁的房子是為了方便出入鄉城，如果既不招待賓客，也不去鄉城處理公務時，就去另一棟豪宅居住。昇紘目前住在內環途旁的那棟房子，就代表那個豺虎正在鄉城內為非作歹。雖然不知道他在做什麼見不得人的勾當，唯一確定的是，他做的任何事都會讓止水的百姓苦不堪言。

鈴冷冷地瞥向那棟房子，騎著三騅前往街角，在沒有人煙的道觀和寺院一帶從三騅身上跳了下來，在大門深鎖的道觀前不引人注目的地方坐下。

——清秀，再等一下。

鈴把手伸進懷裡，輕輕摸著夾在襦裙腰帶內的短劍。

可以砍殺妖魔的短劍，也可以割開仙的身體。她之前已經確認過，三騅可以越過城牆，既然可以越過城牆，當然也可以輕鬆跳過住宅的圍牆。一家的主人應該住在房子深處，面向內環途的房子後方，有一棟豪華的樓閣。

——讓他知道我們的怨恨。

鈴用力抱著膝蓋。

2

深夜，鈴牽著三騅走向內環途。在昇紘家旁邊的小徑轉彎，來到後門，仰頭看著圍牆後方的樓閣。

越過圍牆，衝向樓閣，殺了昇紘之後，再逃回街上，然後直奔堯天去謁見景王。

——無論昇紘還是景王，我都無法原諒。

她這麼告訴自己，抓住轡繩正準備跳上三騅，有人抓住了她的手。

「……不行。」

鈴跳了起來，然後不由得後退，撞到了三騅。三騅不滿地低聲鳴叫著。鈴回頭一看，發現了高大的身影，和像岩石般的肩線。

「——虎嘯。」

這時，另一個人從鈴的身後出現，從鈴的手中搶過轡繩。之前曾經不時在旅店看到他。

「——為什麼？」

除了虎嘯和那個男人以外，並不寬敞的馬路上，躲著好幾個男人。

虎嘯輕輕拍了拍鈴的手。

「裡面並非只有昇紘而已，當然還有不少他的護衛，妳有辦法全殺了他們嗎？」

虎嘯低聲說完，拉著鈴的手說：

「回去吧。」

「……不要！你放開我。」

虎嘯注視著鈴。

「如果昇紘知道妳曾經住在我家，我們也會死在昇紘的手下。」

鈴驚訝地看著虎嘯。

「雖然我們不會乖乖受死，但還是很傷腦筋——因為很多因素。」

「我……」

鈴看了看圍牆內的樓閣，又看了看虎嘯，雖然她不願意給夕暉和虎嘯添麻煩，但仇人就在眼前。

虎嘯輕輕搖晃著鈴的肩膀說：

「我能夠理解妳的心情——所以，跟我們一起回去吧。」

旅店門口聚集了不少人，看到鈴和虎嘯，還有其他人回去後，在人群中高舉燈火的夕暉跑了過來。

「——姊姊，太好了。」

人群中到處響起「太好了」的聲音，鈴不禁低下了頭。虎嘯再度拍了拍她的肩膀。

「各位，對不起，我帶客人回來了。」

聚集的人群發出鬆了一口氣的聲音，一個人、兩個人漸漸離去。好幾個人離開時，輕輕拍了拍鈴。

「沒事真是太好了。」

「稍安勿躁。」

「真是被妳嚇到了。」

鈴的短慮為虎嘯兄弟帶來了麻煩，但那些人並沒有責備她，她極度困惑地目送著眾人三五成群地離去。

「走吧。」虎嘯推著鈴走進旅店的飯堂，其中一個男人把三騅牽到後院。

飯堂內有幾個男人，將近十個男人和鈴一起走進飯堂。鈴在他們的要求下，在其中一張椅子上坐了下來，跑進廚房的老人把一杯冒著熱氣的茶放在鈴的面前。鈴這才發現自己渾身冰冷，牙齒顫抖著。她雙手捧著茶杯，溫暖著凍僵的手。

「我問妳，」虎嘯把手放在桌上，低頭看著鈴。他的手指上戴著戒指，「妳痛恨昇紘嗎？」

鈴將視線從戒指上移開，抬頭看著虎嘯。

「……當然痛恨。」

「並不是只有妳痛恨昇紘，他也知道大家對他恨之入骨——妳身上似乎有武器，但妳知道怎麼用嗎？妳真的以為自己有辦法收拾昇紘嗎？」

「這——」

「妳知道那棟房子裡有多少護衛嗎？妳知道要幹掉多少人，才能夠接近昇紘嗎？」

鈴低下了頭。

「妳根本不可能靠近他——他可不是簡單的人物，不是意氣用事就能夠幹掉的人。」

「但是……」

虎嘯露出柔和的眼神。

「那孩子的確很可憐……」

鈴抬頭看著虎嘯，他的臉在視野中漸漸扭曲，內心湧起的千頭萬緒變成了淚水，在她的臉頰滑落。

「清秀……他……生病了。」

鈴泣不成聲。

「根本不需要殺他，他離鄉背井，從慶國逃到巧國，巧國的廬也毀了，他只能再度逃命，親眼看著父親被妖魔吃了，他的母親也死了。他生病了，應該是被妖魔攻擊時留下了傷……他的年紀那麼小，卻經常痛苦不已。」

「是嗎……」

虎嘯拍了拍鈴用力握起的手。

「我打算帶他去治病……我們準備去堯天。他每天早上都很痛苦，病情越來越惡化，即使給他吃有營養的東西，也全都吐了出來……他瘦得皮包骨，連走路都沒辦法直走……視力也很模糊……」

凍僵的臉頰感受著熱淚。

「早知道我不應該把他一個人留在那裡，我應該背著他去找旅店，這樣他就不會被殺了……」

他那麼瘦，一定很輕。

「……早知道我不應該來這裡，早知道應該更早在其他地方帶他去看醫生……」

「姊姊，妳痛恨的是自己。」

夕暉突然開了口，鈴回頭看著他。夕暉在鈴旁邊的椅子坐了下來，注視著她。

「比起昇紘，妳更痛恨妳自己。比起昇紘，妳想要懲罰的是妳自己。」

鈴眨了眨眼睛。

「……是啊。」

她每眨一次眼睛，淚水就滑落。

「我不應該讓他一個人留下，我不應該帶他來這裡——全都是我的錯，因為我帶清秀來這裡……」

自己抱著天真的夢想，結果把清秀捲了進來，把他害死了。

「他說他不想死，雖然這個孩子很自大，但他哭著說，他怕死，只不過他還是死了，是我害死了他……我犯了無法挽回的大錯，無法向他道歉，也無法請求他的原諒……」

鈴趴在桌上哭了起來。

「清秀會原諒我，他就是這麼善良，但我無法原諒我自己！」

「姊姊，無論妳再怎麼掙扎，死去的人無法復生……真的很可惜。」

「但是！」

「姊姊，妳想做的事毫無意義，而且成事不足，敗事有餘。這只是妳內心的痛恨，如果因為私憤而殺人，就和昇紘一樣，只是殺人凶手。」

「——所以要放過昇紘嗎？我聽說了他是怎樣的人，他殺人無數，就像他殺了清秀一樣，以後還會繼續殺人，難道就這樣袖手旁觀嗎？」

有人用力拍著她的肩膀。是虎嘯。

「怎麼可能放過他？」

鈴抬起頭，虎嘯笑著說：

「只要有人痛恨昇紘，就會遭到無情的報復，所以大家都敢怒不敢言，視若不見，聽若不聞——妳以為止水的人都這麼窩囊嗎？」

「虎嘯，你……」

鈴抬頭看著虎嘯，然後又看向夕暉，又看向在飯堂內默默守護著鈴的男人們。

「你、們……」

——所有人都戴著鐵製的戒指。

「我們一定會推翻昇紘，只不過在等適當的時機，所以妳不能輕舉妄動。」

虎嘯說完，從懷裡拿出鎖鍊，拔下其中一個鎖環遞給鈴。

「妳就忘了昇紘，去其他地方過清閒日子——否則，就戴上這個，但是，」虎嘯露出嚴肅的眼神，「一旦戴上了，就不可以拔下來。一旦背叛，就會做好接受處罰的心理準備。」

「……我要。」

鈴伸出手。

「我不會背叛，只要能夠為清秀報仇，消除我內心的痛恨，我願意做任何事！」

3

祥瓊爬上位在雁國和慶國邊境的高岫山，進入了慶國。這一帶是名為巖頭的地區，在樂俊的協助下，她輕鬆通過了邊境。

「路上小心。」

樂俊向她道別後，踏上了回雁國的路。祥瓊站在慶國的土地上，目送他的背影離去，情不自禁地鞠了一躬。

——謝謝。

樂俊從自己的懷裡——不是給他旌券的人留給他的——拿出為數可觀的盤纏交給祥瓊。他沒有恨祥瓊，把她帶到這裡，給了她太多東西。如果要說感謝，有太多事要感謝他。

啊，我終於發現一件事。祥瓊目送搖著尾巴離開的半獸想道。我以前從來沒有感謝過別人，也從來不曾真心向任何人道歉。雖然在芳國的窮鄉僻壤向閭胥沍姆道歉，在恭國的王宮，也整天向供王磕頭，但她根本不是出自真心。之前只是低頭而已，從來沒有真心感謝過別人，也從來沒有對任何人感到抱歉。

她再度鞠躬後抬起頭，發現雁國井然有序的街道上，已經不見樂俊的蹤影。他騎著騶虞火速趕回關弓了嗎？假期快結束了，他竟然還送自己來這裡。

祥瓊嘆了一口氣，看著背後的大馬路。就像之前曾經在柳國和雁國的邊境所看到兩個國家的差異，雁國和慶國之間也存在著極大的落差。

——這就是慶國。

越過高岫山的山頂，就是眼前這片街道。經過隔開雁國和慶國的中門後，以階梯狀的斜坡向下方延伸，站在中門前的大路上可以俯瞰整個城鎮，也可以同時看到城鎮外，位在高岫山麓的慶國國土。

祥瓊身旁有幾個人和她一樣站在大街上巡視著周圍，忍不住嘆著氣。和雁國相比，眼前的景象實在太冷清了。草木枯萎的冬季山野，雖然沒有積雪，但放眼望去，盡是一片不毛之地。

以邊境旁的城鎮而言，這裡的規模不算小，但即使進了城，也完全感受不到活力。腳下踩的是泥土道路，街道並不寬敞，兩側是密集的低矮房子。和北方相比，這裡比較溫暖，但每扇窗戶都緊閉，也不見任何玻璃窗戶，這個城鎮好像在頑強地拒絕什麼。街上到處可見半毀的建築物，或是堆著瓦礫。道路兩旁的小店雜然無序，從狹小的房子溢出來的瓶瓶罐罐和破家具讓馬路顯得更亂了。繞著城鎮外圍的環途建了好幾棟用木板和布片擋風的小房子，許多滿臉疲憊的人聚在那裡，不發一語地圍著篝火。

慶國命運多舛，從來不曾有過長久治世的王，和治世恆久的雁國之間竟然有如此殘酷的差異。

一群人來到慶國的街道，大部分都是難民。

「我還以為至少比以前好一些。」

站在馬路旁的男人悵然地說道，似乎道出了其他人的心聲。

「唉，早知道不應該回來。」

站在馬路上的人們嘆息的聲音傳入祥瓊的耳朵。

「以前有這麼窮嗎？怎麼感覺比以前更加荒廢了。」

「我是在王崩殂後離開，我記得當時沒有這麼慘。」

「很辛苦。」祥瓊走在路上想道。

——要重整這個國家很辛苦。

對雁國來說，難民是頭痛的問題，慶國也必定面臨相同的問題。這些難民曾經見識過雁國的豐衣足食，難免會將慶國和雁國相比較。事實上，和祥瓊的祖國芳國相比，慶國的狀態並沒有糟糕到令人嘆息的程度，但和雁國相比，兩者的差異一目了然。和雁國街道的熱鬧和活力相比，眼前的街道如同廢墟。

祥瓊和其他人一起走在街上，走進看起來價格低廉的旅店，直到第三家旅店，才終於有辦法投宿，必須在大房間和其他人睡在一起。

住在同一家旅店的難民臉上有各種不同的表情。有人為終於回到祖國感到興奮，有人為趁著祖國荒廢，想去物質豐沛的國家安居樂業的夢碎而滿臉沮喪。

「聽說這次是女王，你們知道嗎？」

客房角落傳來說話的聲音。

「女王嗎？又是女王？」

「如果早知道，我就留在雁國了。」

「女王不行，不僅無能，而且很快會讓國家荒廢。」

「搞不好不久之後，又要沿著原路逃去雁國。」

「如果這次又要逃難，我恐怕再也無法回慶國了。」

——真的很辛苦。

祥瓊忍不住嘆著氣。她似乎能夠感同身受地體會景王的心情，想到景王的辛苦，也不由自主地嘆著氣。

——此時此刻，她也在王宮內嘆氣嗎？

「要不要趁現在回雁國？」

「打消這個念頭吧，即使留在雁國，日子也未必好過，因為我們畢竟不是雁國人。」

「但是，也不想回去以前的里啊。」

「搞不好里已經不在了。」

這時，其中一個人探出身體說：

「你們有沒有聽說過，有從吳渡出發的船的事？」

「——那是怎麼回事？」

「那是前往戴國的武裝船，是和州某個鄉的鄉長派出來的船隻，把在戴國活不下去的難民載到和州。」

「什麼意思？難道你打算去戴國？我勸你還是打消這個念頭。」

「我不是這個意思——呃，我忘了是哪裡。對了對了，是止水，止水鄉的鄉長同情難民，所以專程派船去接他們，只要搭船去止水，就可以拿到止水的土地和戶籍。」

「止水——就是在和州與瑛州的交界處嗎？」

「既然止水願意接難民，代表那裡很富裕，只要拜託一下，搞不好也願意接收我們。」

「怎麼可能？」一個女人搖著頭。「怎麼可能有這種好事？你是從哪裡聽來的？是不是被騙了？」

「才不是，應該還有其他人也曾經聽過這事吧？」

眾人立刻安靜下來。

「根本沒人聽過，你一定是被騙了。」

「不可能，真的沒有人聽過嗎？」

祥瓊猶豫片刻後開了口。

「我曾經聽過。」

圍在一起的人散開了，都將視線集中在她身上，其中一個男人走了過來。

「妳聽過？是不是真的有這回事？」

「對，我在柳國聽說的，一個專門在柳國和戴國之間往返的船員說，有這種船。」

其他人七嘴八舌地議論起來，討論到底該去可能很富裕的止水，還是回去可能已經不存在的里。

「去看看也好。」

「我的里已經不存在了，因為河水氾濫，整個里都被淹了。」

「但我還是想回去從小生活的里。」

兩種意見相持不下，有人很想立刻去止水，但也有人極力勸阻，千萬不可以去，其中一定有詐。

「妳有什麼打算？妳是從哪裡來的？」

有人問祥瓊，祥瓊偏著頭回答：

「我來自芳國。雖然也很想要土地，但我還沒有成年。」

雖然謊報年齡也不失為一種方法。

「但是，既然止水是個好地方，去看看也不錯。」

祥瓊說完這句話，忍不住點頭同意自己的話。

「沒錯，我正想找工作，所以打算先去止水看看。」

翌日，祥瓊搭著之前在柳國時經常搭的共乘馬車，啟程前往止水。和柳國、雁國不同，這裡有很多人都徒步趕路，事實上，即使徒步趕路，也不會因為太寒冷而凍死在路邊。況且趕路時，身體自然會熱起來，除了手和腳會凍僵以外，並不至於太辛苦。

馬車沿著幹道南下，前往和州州都明郭。通往首都堯天的幹道以東西向穿越明郭，一直通往止水鄉。

山野嚴重荒廢，幹道途中看到很多廬都沒有房子，荒廢的農地完全沒有耕種的跡象，被火燒成炭色的枯山槁木，由於幾乎沒有積雪，可以清楚看到這些景象。

也曾經在偶爾可以見到人影的小規模里的空地上，看到一整片矮小的墳堆。

——竟然死了那麼多人。

祥瓊不禁感到戰慄。荒廢的山河、失去的生命。這一切都是因為王的關係，因為王不在王位上的關係。

「小姑娘，妳從哪裡來？」

坐在旁邊的老婦人問道。祥瓊從外面的風景中收回視線，慶國馬車的車篷通常不會遮住後方。

「我來自芳國。」

「我聽說書的說，芳國的王死了，真的嗎？」

「——是啊。」

「是喔，」老婦人抱著釿婆子，「芳國恐怕也像這樣……」

老婦人幽幽地說道，祥瓊用力睜大眼睛。

一定也這麼荒廢。一定有很多人死亡，他們的親人痛恨加害人，就好像祥瓊憎恨惠侯月溪，沍姆憎恨祥瓊一樣。

——啊，我的確會被人怨恨。

因為國土如此荒廢。

「……慶國真好，因為終於有了新王。」

祥瓊說，老婦人輕聲笑著說：

「真希望可以越來越好，先王登基時，我也曾這麼想……」

老婦人沒有再說話。

4

慶國和州位在首都州瑛州東方，細長的和州從瑛州東端一直向虛海延伸。陽子在景麒的陪同下，前往和州州都的明郭位在和州偏東的位置。有一條幹道從虛海筆直通往青海，和高岫南下的幹道剛好在明郭交匯。

「明郭是陸路的要衝。」

他們騎著使令旅行了兩天，在明郭附近開始徒步趕路。景麒說：

「這條幹道是北部的生命線，尤其是入虛海的終點吳渡，是慶國靠虛海的唯一港口，從南方運來米、鹽，從舜國運來藥泉水，以及從北方運來毛織物和小麥，這些物資支持著無法靠農地收穫維生的北部人民的生活。」

「——北部很貧窮嗎？」

陽子問，景麒點了點頭。

「有很多山地，缺乏理想的耕地，氣候也不理想，夏季乾燥，初秋開始持續下雨，所以收成只能看天氣，而且也沒有其他能夠讓百姓賴以生存的產業。」

「是喔……」

「尤其是從南方經過青海抵達的船隻幾乎已經完全中斷，所以吳渡具有舉足輕重的意義，而且，和雁國之間的高岫只有一個關卡。巖頭是北方陸路的要衝，吳渡是海路的要衝，從這裡運來的物資都會經過這條幹道，尤其必定會經過明郭。」

「所以，和州在北部算是富裕的地方？」

陽子說，景麒露出淡淡的苦笑。

「和州的幹道經常會有草寇出沒，為了保護貨物，和州派州師築城塞，護衛這些物資，但會向貨物徵收通行稅，所以物質經過和州後，價格立刻飆漲。」

「……原來如此。」

然而，前往巖頭或吳渡取貨時，和州是必經之地。

「可見呀峰是能幹的官吏。」

聽到陽子這麼說，景麒的眉頭鎖得更緊了。

「千萬別這麼說——明郭的北方和東方都有儲存貨物和旅人住宿的大城鎮，分別稱為北郭和東郭，雖然是明郭的一部分，但比明郭更大。那裡鏟平農地，整地後建造了高大的外城牆，建造了一個保護物資和旅人的新城鎮，這些由旅人承擔所有的費用，全都由和州的百姓負責興建，百姓為沒有止境的徭役苦不堪言。」

「怎麼會讓呀峰這種人擔任和州如此重地的州侯？」

景麒嘆著氣，微微垂下雙眼。

先王予王任命呀峰為和州州侯。呀峰將堯天郊外的園林獻給予王，那個園林幾乎就像是一個村莊，一踏進園林的大門，就充滿了大自然的怡然氣息，村內有六棟不大的民房，有老人在那裡養鹿，也有小孩養雉雞。

呀峰把這個美麗的小村莊獻給予王，那個村莊中有她夢寐以求的平靜生活，予王欣喜若狂，經常造訪這個園林，對呀峰深表感激，滿足了他的願望——把和州交給了他。

予王和小村莊內的村民聊天，在他們的簇擁下摘採園林內的花草，並在園林一角的小房子內教孩子刺繡，發自內心地感到幸福。如果她沒有沉溺於這個園林，不知道該有多好。她哭著說，不想再回王宮，景麒每次再三懇求，把她帶回王宮，就知道她的命運已經走向終點。

——她不應該坐上王位。

對她而言，坐上王位並非好事，但天啟顯示她就是王，並非是她以外的任何人。

「……景麒？」

陽子輕聲叫著，景麒慌忙回過了神，看著偏頭看著自己的新王。

「你怎麼了？」

「沒事。」景麒搖了搖頭，抬頭巡視山野。沿著溪流展開的街道對面聳立著凌雲山，可以看到山麓的城牆。

「——那裡就是明郭吧。」

明郭山高聳入雲，山麓下是一片和緩的山巒，城鎮在稜線形成的山谷之間蜿蜒。

「哪裡是首都……？」

陽子站在明郭的門闕前看著大路，大路上空空蕩蕩，不見人影。

州都應該有十一個門闕，郡至縣城有十二個門闕，首都和州都少了位在北方中央的子門，所以只有十一個門闕，但北方和凌雲山相鄰，通往國府和州府所在地。

陽子在景麒的陪同下，從位在西側的酉門進入明郭。酉門筆直向東走七百步，通向位在城鎮中央的府城，寬度有將近百步。所有的街道兩側都是小店，大幅縮減了道路的寬度，再加上來往的車輛和擁擠的人群——然而，這條街上完全見不到任何店家。

周圍的空地上也不見難民的身影。陽子借了景麒的使令旅行三天，中途經過的所有里和城鎮都可以見到窮人蹲在地上的身影。這裡沒有難民的身影，卻感受不到絲毫的活力，沒有小店，路邊也沒有攤販，更沒有人來人往的熱鬧景象。

和陽子一起走進城門的人中，有幾個人驚訝地看著眼前的大路。

陽子左顧右盼，看到一個默默走過城門，熟門熟路地走向外環途的男人，上前問他：

「呃，請問……」

男人停下了腳步，用茫然的眼神看著陽子。

「請問今天發生了什麼事嗎？」

男人背著沉甸甸的簍子，不感興趣地看了一眼大路，用混沌的眼神看著陽子說：

「……不，沒什麼事。」

「但天色已經快暗了。」

「在這裡很正常，如果要找旅店，要去北郭或東郭，北郭在亥門外，出了卯門就是東郭。」

男人小聲回答後，搖晃了一下身體，調整了身上簍子的位置，然後轉身默默離開了。

主要城鎮附屬第二、第三城鎮日益壯大的情況時有所見，至少在雁國經常看到這種情況，有時候會用一個名字統稱整體，但有時候附屬的城鎮會另外取名字。

「……你有什麼看法？」

陽子低聲問站在一旁的景麒。用布巾包住頭髮的景麒偏著頭說：

「搞不懂，似乎太冷清了……」

「嗯，不光是沒什麼人來往，為什麼連小店也沒有？」

向左右兩側的外環途張望，也不見任何攤販，人影稀疏，只有馬車的車輪聲空虛地在街頭迴盪。

「——發生什麼事了？」

剛走過城門的旅人開口問道，陽子忍不住苦笑起來。

「不知道……應該發生了什麼事吧。」

那三個男人一臉困惑地看著大路。

「這裡是明郭吧？」

「應、該沒錯。」

「我第一次看到這麼冷清的首都……你們兩位是這裡的人嗎？」
「不是。」陽子搖了搖頭，那個男人露出更加困惑的表情，再度看著大路。
「既沒有商店，也沒有行人。」
「是不是發生了什麼不好的事？」
「如果發生了凶事，應該會看到白旗。」
只要有凶事發生，街上就會掛滿白旗，街角也都會掛滿白色幢幡，但這裡並沒有看到白旗，顯然不是因為發生了什麼事而這麼冷清。
陽子目送著滿臉納悶從大路離開的三個男人離去，身旁響起一個低沉的聲音。
「……有屍臭味……」
「——景麒？」
陽子抬起頭，看到景麒蒼白的臉上露出有點不悅的神情。
「整個街道都淤積著怨氣。」
陽子轉過身。
「——回去吧。」
「主上。」景麒小聲叫著，陽子回頭看著他說：
「空地那裡有路，北側和東側都有城鎮吧？我們可以從外面繞過去，我不希望走這裡增加你的負擔。」

第十三章

十二國記

1

「——我們沒有名字。」

虎嘯從水井中汲水時說道，鈴正在水井旁清洗水桶和水甕。

「總共有一千人左右，幾乎都在止水鄉。」

「……是喔。」

「如果妳在街上遇到什麼狀況，就找戴著這個戒指的人，然後問對方從哪裡來，一定要行拱手禮。」

「拱手禮？」

鈴伸出雙手。有身分地位的人之間都行拱手禮。左手輕輕握拳，右手包住左拳，然後舉起雙手行禮。行拱手禮時需要長袖子，像鈴目前穿的衣服袖子只到手腕，無法行拱手禮。

「心意到了就好。」

虎嘯笑著說。

「目的在於能夠很自然地向對方出示戒指——然後問對方從哪裡來，如果對方回答來自麥州產縣支錦，就代表是自己人，妳再告訴對方，自己是來自老松的乙悅。」

「那是什麼？」

鈴偏著頭問，虎嘯輕聲笑了笑說：

「支錦是古地名，幾百年前，在達王的時代，有名叫支錦的地方，那裡有一個名叫老松的飛仙。」

「在支錦有洞府嗎？」

「不，老松沒有洞府，他是靠自己昇仙成為飛仙，所以人稱老松或松老，名字中有『老』字的飛仙都屬於這一類，也稱為松伯。」

「喔，原來是仙伯。」

只有五山上的仙男、仙女，和靠自己昇仙的仙才是伯位的飛仙，通常稱為仙伯。

「他在民間布施，被達王延攬入朝廷，在朝廷當了一陣子命官後，有一天突然銷聲匿跡，成為了不起的飛仙。聽說他的氏名為乙悅——雖然不知是真是假，傳聞中這麼說。」

「是喔……」

「妳不要以為事不關己，如果有戴著戒指的人向妳打招呼，妳也要這麼回答。」

「喔，對喔。」

「只要是自己人，無論對方是誰，都可以完全信任，對方一定會幫助妳。我們很團結，這一點很引以為傲。」

「……為了推翻那傢伙嗎？」

「當然。」虎嘯點了點頭，「拓峰的空地幾乎都是墓地，擠滿了被他殺害的百姓的屍體，必須有人推翻他——因為始終沒有人制裁那傢伙。」

鈴停下了手。那傢伙——止水鄉鄉長昇紘。

「為什麼那種人可以繼續胡作非為？」

「因為有大人物在為他撐腰。」

「比方說，在堯天？」

鈴抬頭望著虎嘯，虎嘯驚訝地睜大眼睛，放下吊桶，在水井邊緣坐了下來。

「為什麼在堯天？」

「我只是聽傳聞說……堯天最大的那個人是昇紘的靠山。」

「原來如此，」虎嘯小聲嘀咕，「的確有這樣的傳聞，說為昇紘撐腰的不是別人，而是王——但是，我對此抱有懷疑。」

「不是這樣嗎？」

「我不知道，昇紘能夠橫行霸道，是因為呀峰在保護他。」

「呀峰——？」

「和州的州侯，因為有和州侯的保護，所以昇紘為所欲為。和州侯呀峰也是豺虎，比起昇紘有過之而無不及，唯一的差別，就是不像昇紘那樣明目張膽。」

「是喔……」

「呀峰之所以會成為州侯，是因為先王予王任命的，呀峰向無能的女王阿諛奉承，花錢向予王買了和州，雖然有人深感不滿，向予王陳情，也有人揮戈抗議，但予王放任呀峰的行為。」

「太過分了……」

「即使邁入新王時代，呀峰仍然沒有遭到革職，繼續作威作福，難怪有人懷疑，新王也在保護他，反而是麥侯遭到革職。」

「麥侯？」

虎嘯看著後院上方的狹小天空。

「瑛州以西的麥州州侯，麥侯很受百姓的愛戴，聽說為人通情達理。今年夏天，在新王登基前，偽王篡位，國家陷入動亂時，他自始至終抵抗偽王。」

「結果反而被革職了？呀峰和昇紘卻繼續橫行？」

虎嘯點了點頭。

「所以很多百姓對新王感到不安，我們搞不懂為什麼革了麥侯的職，讓呀峰繼續魚肉鄉民——當然，新王才剛登基，可能也是無可奈何的事。」

鈴動作粗魯地將洗甕的水倒掉。

「我猜想景王和先王半斤八兩。」

「妳——該不會？」虎嘯打量著鈴，「該不會想要對新王下手？」

鈴移開視線，虎嘯訝異地嘆了一口氣。

「妳真是亂來……難道想要闖入金波宮嗎？妳怎麼可能進得去？」

「……不試試怎麼知道？」

虎嘯從水井邊跳了下來，蹲在鈴的面前。

「……那個孩子的死，讓妳這麼痛苦嗎？」

鈴看著虎嘯，然後低頭看著自己的手。

「雖然我知道不該這麼說，但這種不幸的孩子太多了，在這個國家司空見慣了——因為國家荒廢已久，一旦國家荒廢，任何悲慘的事都可能發生。」

「嗯……我知道……」

鈴吐了一口氣。

「我是……海客。」

虎嘯默默點了點頭。

「再也無法回家了，而且被丟到一個語言不通，分不清東西南北的地方，一直覺得自己很可憐。」

「是嗎……」

「其實我一點都不可憐，和清秀相比，我太幸運了，只是我不知道，整天自怨自嘆，結果把清秀帶來這種地方。」

「妳不必這麼自責。」

鈴搖了搖頭。

「我真的很幸運，雖然曾經遭遇很多痛苦的事，但只要忍耐就好，只是這種程度的痛苦而已。我從來沒有想過，竟然會有像昇紘那種傢伙造成無數人的痛苦……如今，我很痛恨自己。」

說完，她輕聲笑了起來。

「夕暉說得沒錯，我可能是把昇紘當作出氣筒，藉由痛恨昇紘，不願面對憎恨自己這件事，所以就更加討厭自己……」

鈴抬起視線。

「但是，不能讓昇紘繼續這樣下去……不是嗎？」

「……我也這麼認為。」

「這個國家——我不知道其他地方的情況，至少在止水，窮人都在受苦受難，所以，我希望不要有人再受苦，不希望有人再像清秀一樣死去……」

「我知道。」

「老實說，我並不相信自己，我不相信自己的痛苦和憎恨到底對不對……但是，既然你和夕暉都想要推翻昇紘，所以我也可以憎恨他，對嗎？」

「嗯……」

虎嘯縮著高大的身體，對著水井吐了一口氣，露出苦笑說：

「其實我也不太清楚。」

「——啊？」

「痛苦的事，只要忘了就可以當作沒這回事。況且人生在世，會有無數痛苦的事，怎麼可能整天為這種事發愁？但是，人生在世，也有好事發生，所以只能忘記不好的事，為好事開心，努力讓自己活下去，不是嗎？」

鈴偏著頭看著虎嘯。

「不瞞妳說，我不瞭解國家或是政治這種麻煩事，也不知道對國家來說，昇紘是不是有價值的鄉長，呀峰也一樣，就連對麥侯的看法也一樣，也許對國家來說，昇紘的存在很有意義，那種傢伙可能也有什麼功勞——但是，只要有他在，我就會活得很累。」

「活得很累？」

「我這個人很單純，聽到無辜的小孩被輾死就很生氣，生氣很累人，而且會很火大，想忘也忘不了。夕暉很聰明，上完小學後，又繼續讀了序學、庠學，也進了上庠，還被推薦進入少學，邁向官吏之路走得很順暢。雖然我這麼說聽起來像在自誇，但他前途無量——但是，我並沒有對此感到高興，無法發自內心地感到高興。當了官吏又如何？進入鄉府，成為昇紘的爪牙嗎？在呀峰手下助紂為虐嗎？我不希望自己的弟弟和那種人為伍。」

「虎嘯……」

「事實上，夕暉也不喜歡，雖然上面有意栽培他，但他退學了。有一些討厭的事，想忘也忘不了；有些高興的事，卻怎麼也高興不起來。我覺得這樣的狀態太累人，所以不喜歡。既然來到這個世上，不是應該快快樂樂過日子嗎？不是希望自己不枉此生嗎？但是，如果有像昇紘那種人存在，我不可能有這種想法——所以我想要解決這個問題，只是這麼簡單而已。」
鈴吐了一口氣。
「……只是這麼簡單而已？」
「就這麼簡單而已，如果衝進鄉城，痛打昇紘一頓可以發洩怨氣，我早就這麼做了，但是，光是這樣還是無法解恨，而且也不可能有辦法痛打他。想要解決昇紘的問題，只能大家團結起來推翻他。如果他死也不肯放棄，即使殺了他也要把他拉下來……也許我想要做的事很大逆不道，但是，我為了自己，已經忍無可忍了。」
「……是喔。」
「有點像是小鬼鬧脾氣，如果是夕暉，可能會考慮得更全面。」
鈴笑了起來。
「但我更能夠體會你說的話。」
「是嗎？」高大的虎嘯蹲在地上笑了起來。
「——我該做什麼？」
「希望妳可以出借三騅，我們正在收集武器，因為要對付昇紘和他的手下，用鋤頭和鐵鍬不是他們的對手。」
「要運貨嗎？」
「我有一個舊識叫蓄生，勞蓄生，他正在準備，可不可以請妳去他那裡載貨？」
鈴用力點頭。

「——沒問題。」

2

「這裡就是明郭。」

車夫在城門前讓祥瓊下了車，她驚訝地抬頭看著城牆。城牆奇妙的形狀足以讓她驚訝。

「……好奇怪的地方。」

祥瓊把零錢交給車夫時說道，年輕的車夫笑了起來。

「是啊，每個旅人都這麼說。」

「我一直以為城牆都是直的。」

「嗯。」年輕人抬頭看著城牆。像州都這種大城市的城牆通常都有相當的厚度，城牆上方還有步牆，以及凹凹凸凸、用來射箭的女兒牆，到處都有稱為馬面的突起部分。即使稍微有所改變，基本上都是方形，如果沒有特殊的理由，都會維持相同的高度。然而，在明郭的城牆上，很難找到大部分城牆的影子。在一小段高得驚人的城牆之後，突然變得很低，幾乎可以看到城牆的內側。不要說女兒牆，有些地方甚至連步牆都沒有，高低不一的城牆一路奔放地延綿。

「正確地說，這裡稱為北郭。」

聽到年輕人這麼說，祥瓊回頭看著他，他苦笑著說：

「只有北郭或東郭才有旅店——這裡其實只是亥門外倉庫密集的地區，結果就在周圍大興土木，建起了城牆，而且每個季節都會不斷擴大，是不是很莫名其妙？而且裡面更奇怪，因為舊的城牆還保留在那裡，所以妳小心別迷路了。」

「謝謝。」祥瓊對他說道，他帶著複雜的表情抬頭看了一眼城牆，走回了馬車。祥瓊再度向門闕內張望。

城門很粗糙，感覺像只是在城牆上挖了巨大隧道般的門道中裝了一扇門，匾額上只寫了「明郭」兩個字。正如年輕的車夫所說，門內有很多老舊的石牆擋住去路，石牆下方有許多用木板和布搭起勉強可以躺下的帳篷，城門周圍都是一張張疲憊的臉孔，這些難民在空地上形成了聚落，好像一陣風就可以把他們掃光。

踏進城內一步，就可以發現情況更不妙。到處可以看到毫無計畫亂建後留下的城牆，到底浪費了多少徭役來建這些無用的城牆？殘留下來的這些城牆又矮又薄，難以相信這樣的城牆可以發揮作用，有些城牆卻厚得令人驚訝。

街道彎彎曲曲，到處都是死胡同，市容雜亂無章。祥瓊以前從來沒有見過這麼亂七八糟的城市，建築物七零八落，馬車聚集在一起，完全無視行人，難民也隨意聚在街頭。

「這裡到底是怎麼回事？」

祥瓊嘀咕著，發現走向城市某個方向的人都露出極度不安的眼神，大部分人對走向城市中心的人都投以極度不安的眼神，有人神情緊張地走向中心的方向，也有的人逆著人潮，露出膽怯的表情頻頻向後張望，快步走向相反的方向。

「──？」

祥瓊納悶地走向那個方向。每轉過一個街角，走向中心的人就驟然增加，不一會兒，即使想要回頭，也被人潮推著走。

「……最好不要去。」

突然有人對祥瓊說。祥瓊被人潮推著走，回頭看向後方，發現有一個老人在人群中向她舉起手。

「不要去，會看到可怕的東西。」

這是怎麼回事？祥瓊很想問老人，但人潮推著祥瓊，她還在東張西望，就被一直推著往前走，不知不覺中，隨著人潮來到市中心的大路上。

那裡很開闊，感覺不像是大路，而是一個廣場。半毀的城牆圍起了寬敞的大道，周圍站著士兵，中央有幾個人綁在那裡。

──可怕的東西。

站在廣場中央的幾個人腰上綁著繩子，只要看抓著繩子的幾個大漢，就知道到底發生了什麼事。看到鋪在廣場泥地上的厚板，更證實了祥瓊的猜測。

「磔刑……」

要把人釘在那塊木板上。

「除了芳國以外，還有其他國家使用這種刑罰嗎？」

所有的國家都有死刑——樂俊曾經這麼告訴她。對法律很瞭解的半獸告訴她，通常只是斬首，最重的處罰也是梟首。既然這樣，慶國當然也不應該有這種刑罰。

「妳最好不要看。」

有人拉著她的皮袤，回頭一看，是一個滿臉疲憊的矮個子中年人。

「太殘酷了，不適合女孩看，妳趕快回去。」

「……為什麼會這樣？」

男人搖了搖頭。

「和州最重的罪就是不繳稅，不服徭役，八成是這兩者之一。」

「但是……竟然用磔刑……」

「既然妳不知道，可見妳不是本地人。我勸妳趕快離開和州，繼續留在這裡，早晚也會落入相同的下場。聽我的絕對沒錯。」

「怎麼會——？」

祥瓊的聲音被慘叫淹沒了。咚。慘叫聲中夾雜著用石頭敲釘子的聲音。祥瓊情不自禁地轉過頭，看到一隻手被釘在木板上的男人痛得滿地打滾。

「……住手。」

更沉重的聲音響起。祥瓊忍不住閉上眼睛，縮著脖子。

——芳國經常發生這種事。而且不是別人，是自己的父親毫不留情地把百姓拖去刑場。

她腦海中閃過自己差一點被五馬分屍時的恐懼。里人把祥瓊拉到里祠前的大路上，憤恨地痛罵、怨懟的叫喊，閭胥痛恨祥瓊，舉棒打她。

慘叫聲再度傳來，圍在廣場上的人也發出慘叫聲。敲打釘子的可怕聲音淹沒了慘叫聲。祥瓊忍不住後退一步，腳後跟撞到了什麼東西。她差一點被石頭絆倒。

——石頭。

那是一塊像拳頭大的石頭。路上有無數這種大小的石頭，可能是從城牆上掉落的。

又是一聲慘叫。

芳國的閭胥沍姆的兒子就是因為用石頭丟刑吏而被處死，不繳稅或是不服徭役有多嚴重？需要把一個大男人折磨得又哭又喊嗎？

「——住手！」

祥瓊忍不住抓起腳下的石頭。

有這麼多人圍在廣場上，為什麼沒有人制止？

祥瓊還來不及多想，就已經採取了行動。她站在人群中把石頭丟了出去，石頭在空中無力地飛了一段距離，打中了一名正在阻擋人群的士兵，然後掉落在黑色的泥地上，重重地在地上滾了幾下。

人群頓時鴉雀無聲。

「——誰幹的？」

士兵質問道，祥瓊立刻準備離開。

「剛才丟石頭的人，出來面對！」

旁邊的人都看著祥瓊，似乎在煩惱要不要把祥瓊交出去。

「拖出來！」

隨著命令的聲音，前面的人牆散開了，祥瓊又後退了一步，有人抓住了她的手臂。祥瓊整個人彈了起來，甩開那隻手，轉身撥開人群。後方追過來的人更用力抓住她的手，幾乎快被拉倒了。

「……這裡！」

祥瓊半跪在地上，看著那隻手的主人。對方是和她年紀相仿的少女，但看到對方身上的袍子，立刻想到可能是少年。

「——這裡，快跑！」

聽到對方這麼說，祥瓊來不及多想，就被對方拉著手，撥開人群，踉蹌著跑了幾步，被那隻手拉著站直了身體。那個人在前面開路，祥瓊不顧一切地跟著跑了起來。

「——在哪裡！快出來面對！」

背後傳來怒吼聲，祥瓊向後方瞥了一眼，一路跑著離開了。

擠出人群後，祥瓊繼續被那個人拉著跑，穿越好像迷宮般的街道，連滾帶爬地從外側殘破的城牆跑到城外。

「……簡直亂來。」

聽到對方這麼說，肩膀上下起伏用力喘著氣的祥瓊，終於仔細打量著鬆開自己手的對方。對方的一頭紅髮格外醒目。

「……謝謝……」

身後的街頭傳來嘈雜聲。

「我能夠理解妳的心情。」

對方苦笑著說。

「我沒有多想，就已經動了手。」

「好像是這樣。」

對方邁開步伐——看起來像是少女——祥瓊也跟在她身後，忍不住轉頭看向後方。雖然應該不至於那麼嚴重，但剛才的舉動會不會造成周圍人的困擾？那幾個犯人不知道怎麼樣了？

少女似乎察覺了祥瓊內心的想法，瞥了她一眼說：

「不必擔心。」

少女很有自信地說，祥瓊不由自主地點了點頭，這時，遠處傳來尖銳的叫聲。

「——在那裡！就是那個丫頭！」

往那個方向一看，有十幾名士兵正從遠處的城牆角落轉過來。祥瓊渾身緊張起來，少女抓住她的手臂，用身體掩護她。

「走吧，妳快逃！」

「但是……」

「不必管我。」

少女露出無敵的笑容，把手伸向腰部，拔出一把劍，祥瓊忍不住瞪大了眼睛。原來妳有佩劍。她還來不及這麼問少女，少女已經把她推開。祥瓊踉蹌著跑了起來，當她回頭時，少女大聲催促她：「快跑。」

「妳不會有事吧？」

「不必管我。」

祥瓊點了點頭，拔腿跑了起來。一旦穿越周圍的空地，立刻會被人看到。於是她沿著高低不一的城牆狂奔起來。

在她跑到轉角時回頭一看，看到紅頭髮的身影衝向空地，舉起了劍。原來少女聲東擊西，吸引士兵去追她。一名士兵舉起手，似乎指揮其他人兵分兩路，大部分士兵都跑向空地。

——謝謝。

祥瓊在心中道謝後跑了起來。她沿著城牆奔跑，尋找可以藏身的地方。有沒有比較低矮的地方？有沒有像剛才那樣的斷裂處？

當她再度跑過一個轉角時，頭上響起一個聲音。

「——喂。」

她以為是追兵，緊張地向上一看，發現有一隻手向她伸來。在略低的城牆步牆上，有一個男人向她伸出手。

「往這裡，把手給我。」

祥瓊遲疑了一下，瞥向背後。有腳步聲漸漸接近她剛才經過的轉角。

「快！」

男人壓低嗓門催促著，祥瓊抓住了他的手。對方年約二十五、六歲，雖然很結實，但個子並沒有很高。他力大無比地把祥瓊拉上城牆，祥瓊向後方瞥了一眼，三名士兵從轉角衝了過來。

「別讓她逃走了！」

祥瓊覺得自己的肩膀快要脫臼了，痛得差一點叫出聲音，好不容易才忍住，用腳尖蹬著城牆，順勢沿著步牆往上爬。士兵來不及抓住她的腿，只摸到了她的腳踝。祥瓊被男人用力一拉，終於踉蹌著爬上了步牆。

她喘著粗氣，雙手撐在地上回頭一看，看到士兵正爬上步牆。男人輕輕鬆鬆地把他們踢了下去，士兵叫罵著，對著他舉起了手上的長槍。

「快逃！」

男人抓住了長槍的槍頭，和士兵來回拉了幾下，士兵終於無可奈何地鬆開了長

槍，他立刻把長槍柄刺向士兵的喉嚨。

「跳下去。」

男人在空中轉動長槍後拿在手上小聲說道。祥瓊對著一派飄然的他點了點頭。步牆的角落離地大約兩丈左右，下面是城牆和城牆之間的小胡同，地上散落了很多垃圾。背後傳來士兵的怒罵聲和慘叫，祥瓊踉蹌地跳了下去。腳底感受到強烈的衝擊，她當場跌倒在地。

她聳著肩膀喘著氣站了起來，抬頭往上一看，男人抓住士兵的胸口，把士兵丟到城牆外，然後把長槍也丟到城牆外，翻身跳了下來。

「……妳沒事吧？」

祥瓊點了點頭，他好像在苦笑般淡淡地笑了笑，抬頭看著城牆。

「不知道另一個女孩有沒有順利逃脫，她是妳朋友嗎？」

祥瓊搖了搖頭，急促的呼吸灼燒著喉嚨，她無法發出聲音。

小胡同內沒有人，也沒有聽到有人跑過來的腳步聲。

「妳可以走嗎？」

當男人這麼問時，祥瓊再度搖著頭。雖然從事情發生到現在的時間很短，但她好像已經跑了一整天，現在完全無法動彈了。

「是嗎？」男人從容地笑了笑，背對著她蹲了下來。

「我背妳。」

祥瓊不知所措，他回頭看著祥瓊催促說：「快上來啊。」祥瓊順從地趴在他背上，男人穩穩地站了起來。

「妳可以小寐一會，我帶妳去可以休息的地方。」

3

「——主上！」

暮色中，一個影子在冬天枯寂的樹林中走來，陽子向他揮了揮手。

「對不起。」

「發生什麼事了？突然說要離開。」

景麒撥開草叢，沿著斜坡爬上來時皺著眉頭問。

「有一股噁心的味道——雖然不是來自主上的身上。」

「對不起，我剛才請班渠搬了傷者。」

景麒吐了一口氣。班渠剛才急急忙忙衝去旅店，叫他立刻離開。他跟著班渠來到這裡，血腥味讓他很受不了。

「北郭的街頭出現了妖魔嗎？」

他輕輕瞪了主人一眼，陽子苦笑著說：

「只是幫助了受傷的人，你不要對我皺眉頭。」

「那要等臣瞭解狀況之後再說。」

陽子坐在地上，越發苦笑起來。

他們在北郭的旅店住了三天——和在明郭時一樣，景麒說，這裡也瀰漫著屍臭味，但因為附近沒有里，所以他們只能繼續留在北郭。陽子在這個奇妙的城市徘徊，奴役百姓所建的城牆是為了滿足和州州侯呀峰的私慾，照理說，一開始就應該大範圍建造城牆，但他故意先建造一個小規模的城牆，之後每一季逐漸擴大。表面上是因為人口增加，為了防止草寇，其實是藉由建造不必要的城牆廣徵通行稅。

街上之所以那麼多人，是因為呀峰把百姓從明郭趕了出來。居住在明郭，必須支付龐大的稅金，那裡變成只有高官才能居住的地方。無論百姓或店家都被趕出明郭，導致北郭和東郭異常龐大。聚集的旅人和貨物，再加上不斷湧入的難民，導致街頭變得很擁擠後，呀峰再度修建城牆，明郭近郊的農民根本無暇種地。

「有四個逃避徭役的人在大路上被處刑，所以我讓班渠去營救。」

「……原來是這樣。」

景麒小聲嘀咕，陽子小聲笑了起來。

「有一個女孩用石頭丟刑吏，我帶著她逃走，但士兵追了上來。因為我的頭髮太引人注目，回去北郭可能會有麻煩，所以就讓你來這裡會合。真不好意思。」

景麒嘆了一口氣。

「請您要自重。」

「對不起……」

陽子說完，把手架在腿上，從斜坡可以看到遠處明郭的街道。

「……我不知道慶國還有用釘子把人釘死的刑罰。」

「——怎麼可能？」

「據說在和州，死刑就意味著磔刑。」

景麒啞口無言地看著陽子。

「——在這個國家，有很多我和你不知道的事在進行。」

即使在黃領，仍然要繳交三成的稅，有殘虐的刑罰，還有像呀峰、昇紘這種酷吏。登基至今已經兩個月，所有地仙都已經進宮謁見，除了呀峰，昇紘應該也在其列。

「雖然每個人都伏地磕首，但可能只是為了掩飾嘲笑……覺得我真是一個愚蠢的王。」

「主上——」

「……我真希望自己手上有官吏。」

此時此刻，她真的很希望有自己的人馬。推翻偽王時，因為有雁國這個強大的戰友，所以她並沒有這種想法。因為有延王的協助和雁國王師六軍，以及臨危不亂的幕僚和將軍，陽子根本不需要有一兵一卒，就營救了被偽王囚禁的景麒，投靠偽王的諸官也紛紛向陽子倒戈，如今終於知道，那只是他們在王位的威勢和雁國的勢力面前屈服而已。

「——遠甫是怎樣的人？」

「遠甫嗎？」

景麒有點困惑。

「——他知書達禮，很多人都去向遠甫求教。」

「不能延攬他進朝廷嗎？」

景麒沒有吭氣，既不肯定，也沒有否定。

「首先，在任命官吏時，不要只聽同一位官吏的上奏，請主上自行做出判斷，這是先決條件。」

「我以為我一直都在這麼做。」

景麒嘆了一口氣。

「朝廷內有爭權奪利者，為了拖其他派系的後腿，不惜無中生有，以莫須有的罪名陷害他人。」

陽子猛然抬起頭。

「……你在暗示誰的事？」

景麒還是沒有回答。

「你在隱瞞什麼？」

「……沒有。主上如果不親自確認，恐怕無法接受。臣能說的僅止於此，其他的請主上自行思量。」

景麒曾經極力反對革除麥州侯浩瀚的職位。

「——浩瀚嗎？」

景麒微微挑起眉毛。

「臣沒有說任何人，您最先想到浩瀚的事，代表主上自認這件事處理不當。」

陽子輕輕嘆了一口氣。

「景麒，你說話這樣諷刺挖苦，真不像是麒麟啊。」

「因為主上太頑固，這樣剛剛好。」

陽子笑著站了起來。

「……如果不快點趕路，城門要關了，走吧。」

「——去哪裡？」

陽子拍著身上的枯草，再度看著明郭。

「明郭的情況我已經瞭解了，去拓峰看一下之後回固繼，你也不能一直不回堯天吧？」

景麒點了點頭，一臉關心地抬頭看著陽子。

「主上——」

「嗯，我知道……我必須早日回去，在民間生活的這段日子，我充分瞭解到，我對這裡的事一無所知。」

「主上。」

景麒皺著眉頭，陽子對他笑了笑。

「如果要搞清楚所有不知道的事，就不知道哪年哪月才能回堯天……我終於知道，我就是如此無知。」

「是嗎？」景麒苦笑起來。

「我知道我想要給自己一個交代——但是，我並沒有後悔，我必須來民間瞭解情況。」

「在我做出決斷之前，你再耐心等一下，應該不會讓你等太久。」

景麒沒有回答，只是深深地鞠了一躬。

第十四章

1

「……有沒有好一點？」

看到走進房間的身影，祥瓊露出緊張的笑容。

「好像扭傷了，謝謝你。」

男人背著她來到北郭這棟搖搖欲墜的房子，當男人把她放下時，她才發現自己無法走路。不知道是在衝上步牆，還是跳下來時扭傷了腳。低頭一看，發現在來到這棟房子的這段路上，腳踝已經腫了起來。

祥瓊把腿放在床榻上坐了下來，男人拉了一把椅子坐在她旁邊。

「幸好勇敢的女孩沒有大礙——逃向空地的那個女孩是誰？」

「我不認識她，她只是幫我逃走而已。」

「如果只是熱心相助，未免太勇敢了……」

男人自言自語著，祥瓊偏著頭說：

「這句話也可以用在你身上。」

「喔，也對。」男人笑了起來。他笑起來很親切。

「我叫桓魋，住在北郭，算是傭兵吧。」

「傭兵？你嗎？」

男人完全沒有「兵」這種殺氣騰騰的感覺。

「因為我的臂力很好，這一帶經常有草寇出沒，所以就會受雇保護貨物……話說回來，根本不需要臂力，只要亮出武器，有幾個壯漢充場面就行了。」

「那你還救我？」

桓魋親切地笑了起來。

「我能理解妳丟石頭的心情。」

「是喔，」祥瓊的肩膀放鬆下來，「我叫祥瓊。」

「祥瓊小姐嗎？妳今晚有住宿的地方嗎？城門已經關了。」

祥瓊搖了搖頭。

「既然這樣，妳可以留在這裡。這裡是我和其他傭兵一起租的房子，雖然有一些長相很凶惡的人出入，但他們都不是壞人。」

「謝謝……但這樣太不好意思了。」

「沒事。」桓魋笑了起來。

「我們整天看一些充滿殺氣的臉，看到像妳這樣的美女就很療癒，而且，妳現在去找旅店恐怕也不方便——因為各種因素的關係。」

祥瓊點了點頭。也許那些士兵還在追自己。

「但是，你沒問題嗎？我猜想他們可能記住了你的長相。」

男人露出為難的表情。

「就是啊……可能暫時沒辦法外出工作，不過反正暫時不愁吃穿，所以也沒關係。」

「……對不起。」

「妳不需要道歉，是我主動救妳的……我對這裡的一些事也有自己的想法。」

祥瓊偏著頭看著桓魋，桓魋羞赧地笑了笑。

「要繳七成的稅，當然有人會繳不出來，這樣就要被殺，也未免太超過了。」

「——七成。」

「和州基本上都是七成，真正收七成的豺虎只有止水的鄉長而已，其他最多只收五成或六成，但抽取這麼重的稅，百姓根本無法過日子，和州的百姓都過著和難民一樣的生活。」

「太過分了……」

租稅通常都是一成，即使抽再重的稅，包括賦在內，最多也不會超過三成，抽取七成的稅，真的恐怕連三餐都有問題。

「一旦繳不出稅，就會落入那樣的下場。而且這裡的傜役也很重，一下子建城牆，一下子修路，一下子建橋，結果要農民放棄耕作所建的城牆竟然是那副德行。」

「為什麼大家都忍受這種情況？」

「因為大家都不希望自己或自己的家人被處以磔刑吧。」

「……是啊。」

桓魋輕輕拍了拍祥瓊的肩膀。

「在風波平息之前，妳就先在這裡住下吧。」

說完，他又不好意思地說：

「只要在離開之前，幫忙把廚房稍微打掃一下就好。」

「……好，我知道了。謝謝你。」

這棟房子和里家差不多大，以民宅來說，算是很大的房子。四間堂屋圍著院子，大門在院子的東南角。桓魋似乎是這棟房子的主人，他住在正房，因為祥瓊是他的客人，所以就借住在廳堂對面的臥室。雖說是臥室，但並沒有床，只是用床榻代替。圍著院子的三間堂屋內睡了二十幾名看起來像士兵的男人，也有兩、三個女人，每個女人的體格都很健壯。

隔天起床後，走路時，腳已經不會痛，祥瓊決定去廚房打掃抵自己的住宿費。爐灶上的鐵鍋內都積滿了灰塵，平時顯然都沒有使用。

「……太可怕了。」

「什麼？」

祥瓊聽到有人回答自己的自言自語，嚇得跳了起來。

「……嚇死我了。」

「真對不起——妳可以走路了嗎？」

「已經不太痛了……這個廚房有人使用嗎？」

桓魋輕輕笑了起來。

「大家都在外面吃飯，不瞞妳說，原本想在家裡燒壺茶，但妳也看到了，這樣根本沒辦法使用。」

「那我來清理一下，讓你們至少可以燒茶喝。」

「要不要我幫妳？」

既然願意幫忙，為什麼不自己清理？祥瓊抬頭看著桓魋，桓魋似乎聽到了她心裡的話，不好意思地笑了笑。

「……不是啦，我也知道該打掃一下，只是不知道該從哪裡打掃起。」

「太驚訝了，可見你家世很好。」

無論是男是女，一到二十歲就要自立門戶，照理說應該懂得照料自己的生活，既然缺乏這種能力，代表家世良好，家裡都有傭人，而且即使在自立門戶之後，仍然有人上門照料。

「嗯，算是吧。」

「那你先去洗鍋子，然後幫忙我汲水。」

「好的。」

聽到他一板一眼的回答，祥瓊覺得很好笑。兩個人分別抱著大鍋和小鍋從廚房走到後院後，發現水井旁有一個水甕，裡面有一個杓子。想要喝水的人似乎都要自己從那裡掬水來喝。

「真的完全沒有人在打理……」

「這裡的人都不會想到這種事。」

「這個水甕什麼時候洗的？簡直難以相信。」

「是喔……？」

「算了，沒關係——你是慶國人嗎？」

「是啊，妳呢？」

「……我是在芳國出生的。」

「從這麼遠的地方來。」

祥瓊在水已經溢出來的水甕中洗著手，笑了起來。

「是啊……真的很遠，我以前不知道，有其他國家竟然在這個季節不下雪。」

「是喔。」桓魋把吊桶丟進水井裡附和道。

「我也不知道除了芳國以外，還有其他國家也有礫刑這麼可怕的刑罰。」

「嗯。」桓魋把汲起的水倒進水甕。

「和州很特別，州侯不擇手段。」

「不是整個慶國都這樣？」

「我不瞭解慶國所有的地方……不過，只有呀峰會這麼亂來。」

「——呀峰？和州侯？」

「是啊。和州有兩隻豺虎，和州侯呀峰和止水鄉鄉長昇紘。」

「止水鄉……我打算去那裡。」

「——什麼？」

桓魋一臉可怕的表情問道，祥瓊忍不住微微縮著肩膀。

「聽說那裡收容來自戴國的難民，只要去止水，就可以有土地和戶籍——你不知道嗎？」

桓魋搖著頭。

「我不知道這件事，第一次聽說。經常有載了很多人的馬車去止水，原來是這麼回事。」

「果然有這回事……所以我在想，去止水的話，應該可以找到工作。」

「我勸妳打消這個念頭。」

「——為什麼？」

「我不是說了嗎？和州有禽獸，昇紘是最大的禽獸。」

「但是，他既然願意幫助難民……」

「昇紘才不會幫助別人，妳去了之後，絕對會後悔。」

「怎麼會……？」

桓魋露出嚴肅的表情。

「止水之所以收容難民，代表原本的人口減少了。土地有限，無論再怎麼富饒，也不可能不斷收容難民。之所以能夠收容，就代表有相同數量的人死了。」
「是嗎，」祥瓊咬著嘴唇，「……原來是這樣……」
因為她不瞭解實情，所以之前還建議其他人去止水。
「——景王在幹什麼？」
景王為什麼讓豺虎繼續當官，作威作福？慶國不是迎接了新的時代嗎？
「王太無能了……」
桓魋嘆著氣，祥瓊目不轉睛地看著他。
「無能？」
「聽說朝廷完全被官吏掌控，先王也一樣，根本不在意國家變成怎麼樣，所以無論是怎樣的官吏，她根本都無所謂。」
「為什麼沒有人告訴王這些事？」
桓魋驚訝地瞪大眼睛。
「告訴王這些事？」
「果真如此的話，必須向她提出諫言啊，還是官吏把王當成了傀儡？即使如此，也必須有人讓景王清醒啊。」
「妳——」
「即使景王不知道國家處於怎樣的狀態，報應一定會落到景王身上。不能推說不知道，也不能說什麼自己能力不足，必須有人告訴她。」

否則，就會落入和祥瓊相同的下場，或是和祥瓊的父親相同的下場。
桓魋輕輕眨了眨眼睛。
「妳不是芳國人嗎？」
祥瓊猛然回過神，不禁紅了臉。
「是……啊……但我並不覺得景王是外人，因為聽說她的年紀和我差不多……」
祥瓊垂下眼睛說：「必須有人告訴她，她一定還不懂得王位的意義。」
「怎麼告訴她？她在堯天金波宮的深處。」
「是啊……」
「還是說，在和州放一把火，她就會警覺？」
祥瓊抬起頭，看著桓魋柔和的笑容。
「如果在九個州到處點火，她會發現自己腳下起火嗎？妳認為呢？」
「不知道……」
這個男人救了祥瓊。一旦保護被士兵追趕的人，和士兵交戰，他也會被士兵追捕——他為什麼願意為自己這麼做？
他原本就在被人追捕，否則就是想要被追捕。也就是說，這個男人打算舉起叛旗，推翻和州州侯。
「雖然我不知道，但和州的問題必須解決，眼前這種情況未免太過分了，而且，必須設法讓景王知道。」

桓魋露出純真的笑容。

「我也這麼認為——趕快收拾一下，妳反正也無處可去，暫時在這裡住下吧？」

2

鈴除了在旅店幫忙打雜，只要有需要，就會騎著三騅去運貨、傳令。

三騅漸漸開始只聽從鈴的駕馭，虎嘯曾經騎過一次，但被牠甩了下來，差點被牠可以跳越城牆的蹄子踢到。想要駕馭妖獸，必須有制伏牠的霸氣，想要讓牠成為人人可騎的騎獸，必須經過數年時間的調教，壓制妖獸的矜持。用這種方式調教後的騎獸雖然變得馴服，但能力也會跟著萎縮。

「鈴，希望妳成為更出色的主人……」

虎嘯生氣地瞪著三騅。

「我？」

正在菜園摘菜的鈴停下手，回頭看著坐在井邊的虎嘯。

「聽說如果主人調教得好，騎獸就會聽主人的指揮，妳要趕快成為這樣的主人，然後吩咐牠，乖乖讓虎嘯騎。」

鈴竊聲笑了起來。

「我正在努力，但可能還要花很長時間。」
「真是的。原來有了騎獸之後，就不想再騎馬了。」
「你也想要騎獸嗎？」
「我無論如何都買不起，說了也是白費口舌……話說回來，只要成為士兵，倒是有可能。」
「士兵可以有騎獸嗎？」
「如果能夠出人頭地，就可以有騎獸，只不過還要靠運氣，這種事和我無緣。」
「為什麼？」
「想要在軍隊出人頭地，必須很有本事，或是至少從少學畢業。王師的將軍都要大學畢業，而且還要論軍功……在當今的慶國，想要立下軍功，就必須受像昇紘那種人指使毆打農民……我可不想做這種事。」
「是嗎……」
「這種事，關鍵在於有沒有辦法說服自己……」
「嗯？」
虎嘯將視線從三騅身上移開，苦笑著說。
「士兵不需要學歷，也和出身無關，如果成為士兵，就可以帶著夕暉離開和州，但他天資聰穎，很希望他有機會出人頭地。如果要帶他離開和州，必須在他二十歲之前，我就入其他地方的戶籍，但即使我娶老婆，也無法帶他一起走……」

虎嘯和夕暉這對兄弟沒有父母，從小在里家長大，在虎嘯二十歲那一年獨立的同時，也把夕暉接來一起生活。虎嘯在拓峰出生，拓峰有很多土地。因為在拓峰，減少的人口遠遠多於增加的人口。有人放棄土地逃走，運氣更差的，留下了土地卻死了。夕暉的戶籍也在拓峰，一旦滿二十歲，就會被分到拓峰。即使想要賣掉土地去其他城市買一家店也無法如願，因為其他地方的土地很昂貴，而且當地戶籍的人可以優先用比較便宜的價格購買。

「即使用功讀書想要進入少學，和州的人只能讀和州的少學，如果真的很會讀書，可以繼續讀大學當然另當別論，否則在少學畢業後當官吏，還是會留在和州。即使我娶了老婆搬去他處，也沒辦法帶夕暉一起去，因為國家就是這麼規定。如果要解決他的問題，就是我去他州當士兵，或是為他在他州找到老婆……」

虎嘯說到這裡，用力拍著手說：

「對了，鈴，妳願不願意考慮一下？」

「別開玩笑了。」

鈴用裝了蔬菜的籃子輕輕打了虎嘯。

「這種想法真不像你。在夕暉滿二十歲前，讓和州的情況改善，不是就解決所有的問題了？」

虎嘯露齒而笑。

「那倒是。」

「——有時間為別人操心，不如先操心一下自己吧。」

突然聽到夕暉說話的聲音，鈴和虎嘯都慌忙回頭看向正房。

「即使我能夠去他州，也會因為擔心你走不了，因為你這個人脾氣暴躁，做事情不動腦筋。」

「我說你啊……」虎嘯瞪著夕暉。

夕暉笑著對鈴說：「午餐時間快到了。」

住在旅店的客人幾乎都是和店主有特殊關係的人，所以旅店的經營幾乎只靠用餐時間的收入，廚房的老人廚藝精湛，而且店堂內也很乾淨，所以即使在這個偏僻的地區，生意還不錯，只不過客層的素質並不高。因為店裡也賣酒，所以經常有客人喝醉酒鬧事，只要虎嘯不在，店裡就很不太平。

「鈴，多虧了妳，店裡的客人增加了。」

夕暉整理午餐的碗筷時，對鈴笑著說。

「怎麼可能？」

「因為這一帶沒什麼女人，雖然目前已經有不少人回國了，但慶國的女人還是很少，因為先王把女人都趕走了。」

「是喔……」

「因為國家很窮，所以女人也很慶幸可以逃出去，都不願意回來。在他國有工作，或是有一技之長的女人也不回來……恐怕還有很長一段路要走。」

午餐時間結束，在晚餐之前，店內聚集的都是經常出入這裡的男人，的確很少見到女人的身影。雖然不至於完全沒有，但人數很少。

看到那個女人走進店裡，鈴停下正在擦拭桌子的手。她穿了一件破舊的棉袍，雖然打扮看起來像男人，但鈴立刻知道她是女人。因為她們之前曾經見過。

「……妳……」

一頭緋紅的頭髮令人過目難忘。

她看到鈴，立刻睜大了眼睛。

「……我記得、妳叫鈴……」

「對，」鈴點了點頭，「上次……很感謝……」

這個女人在清秀臨死前陪伴他，因為當時太慌亂，所以甚至忘了道謝。「不必客氣。」對方露出複雜的表情搖著頭，鈴為她拉了一張椅子。

「請坐……想吃什麼？我先給妳端杯水。」

鈴說完後，衝進廚房。她剛進廚房，發現夕暉站在那裡。

「鈴，妳認識那個人嗎？」

「也不算是認識，之前曾經見過一次。」

「是喔。」夕暉沒有多說什麼，但神情很凝重。

「……怎麼了？」

「沒事——可以交給妳招呼嗎？在其他人到之前，我要先把這裡整理一下。」

「沒問題。」鈴笑著，拿了杯子裝了熱開水後跑回店堂內。

那個少女也一臉凝重的表情巡視著飯堂。

「請喝。」鈴放下茶杯，她微微欠身道謝。

「今天只有妳在嗎？我上次來的時候，有一個高大的男人，和一個十五歲左右的男孩。」

「妳是說虎嘯和夕暉嗎？虎嘯現在出門了，夕暉在廚房——妳是來找他們的？」

「不，那倒不是。」

「我叫大木鈴。」

「大木……鈴。」

少女微微睜大眼睛。

「上次謝謝妳……雖然似乎不應該這麼說，但很高興能夠聽到他的遺言……」

「那個孩子呢？」

「清秀嗎？埋在拓峰的墓地。他原本就是慶國人，因為慶國荒廢，所以就離鄉背井，聽到新王登基，他又回來了，沒想到卻死了。把他埋葬在拓峰，他一定死不瞑目……」

「是嗎……」

少女露出痛苦的表情。

「我在奏國遇見清秀，我們一起搭船回到慶國。同一艘船上有好幾個慶國人，大家都說新王登基後，一切都會慢慢好起來，我猜想他們現在一定很失望。因為即使新王登基了也沒用，州侯和鄉長照樣欺壓百姓——妳呢？」

「我叫陽子，」她簡短地回答，「住在固繼。」

「固繼——喔，原來是北韋，是隔壁瑛州的——瑛州是好地方嗎？」

「怎麼說呢……」陽子有點吞吐。

「慶國各地可能都大同小異……但一定比拓峰好一些……」

陽子沒有回答。

「人生在世，或許在哪裡都一樣，過日子並不容易，但有些國家比較幸運，有些國家就沒那麼幸運。有些地方就是這樣，我從才國來，才國的王人很好……一個國家沒有好君王，百姓真的很可憐……」

「嗯。」陽子點了點頭。

「真不知道景王在幹什麼，她知道自己的國家目前所處的狀態嗎？」

「她是傀儡。」

陽子幽幽地說，鈴偏著頭。

「啊？」

「因為她很無能，官吏也不信任她，所以什麼都做不了，官吏也不讓她做任何事，只能默默聽命於官吏……」

「是、這樣嗎？妳對堯天很熟嗎？」

「不，」陽子了搖頭，「只是聽說而已。」

「應該只是傳聞，我猜想她和先王一樣，對政務沒有興趣，所以完全聽不到百姓的聲音，才會將麥州侯革職。」

「——啊？」

看到陽子瞪大眼睛，鈴微微皺著眉頭。

「麥州侯是很好的官吏，深受麥州百姓的愛戴，卻被景王革職了，竟然放過了和州侯，太讓人受不了了。」

「是喔……」陽子站了起來，「我還是不吃飯了，不好意思。」

「妳怎麼了？」

「沒事……因為我剛好路過，所以進來坐一下，其實我並不餓。」

「是嗎？那妳還會來嗎？」

陽子輕輕苦笑後，點了點頭。

目送陽子離開後，鈴偏著頭納悶，收起了杯子。這時她才想起陽子甚至沒有拿起杯子喝水。

「是不是我話太多，她受不了……」

慶國的確很少見到女人，尤其更不容易見到同年紀的女人，所以鈴驚覺自己剛才話太多了。

她一臉納悶地走進廚房，看到夕暉和虎嘯站在門口。

「啊，你回來了——」

「鈴，剛才的女孩是誰？」

虎嘯的神情格外嚴肅，鈴偏著頭回答說：

「之前曾經見過的人，她說住在北韋。」

「北韋……」

夕暉抬頭看著虎嘯。

「勞先生家……」

虎嘯點了點頭，露出更加凝重的表情抓住了鈴的手臂。

「……妳們說了什麼？」

「沒說什麼……」

剛才並沒有聊什麼特別的事，對拓峰的人來說，那種程度的抱怨就像是打招呼。

「她有沒有說什麼？」

「沒有特別說什麼……喔，有提到堯天的景王。」

「她對堯天很熟悉嗎？」

「不清楚……她說，只是聽說傳聞而已，但感覺似乎很熟悉……」

虎嘯看著夕暉，夕暉點了點頭。

「我們最好趕快搬家。」

「啊？」鈴注視著夕暉。

「她之前也來過，好像在調查什麼。既然她對堯天的情況很熟，可能真的是堯天的人。」

「這是、怎麼……？」

「不是有傳聞說，昇紘和呀峰之所以能夠繼續橫行霸道，是因為景王在保護他們嗎？如果有堯天的人來這裡刺探情報，代表這個傳聞可能是真的。」

鈴張大了眼睛，夕暉輕輕點頭。

「趕快收拾行李，只要有任何不安的狀況，最好不要大意。先放棄這裡，轉移到其他人那裡。」

「但是……」

「那個人絕對不是普通的客人。」

3

對蘭玉來說，除了陽子已經出門十天這件事以外，那只是一個很普通的白天。

「陽子什麼時候回來？」

桂桂一臉無趣地問，蘭玉輕輕笑了笑。桂桂覺得很寂寞。里家的其他孩子都死了，里家真的很冷清。

「應該快回來了吧？她出門的時候曾經這麼說。」

「陽子是不是嫁人了？」

「你說嫁給那個人嗎？那我就不知道了……」

雖然成年後才能結婚，但如果只是相好，並沒有問題。如果有父母，需要徵求父母的同意，但陽子的父母已經不在了。

「即使她想嫁人，在成年之前，都會住在這裡，因為她不能隨便換地方住。」

蘭玉雖然這麼告訴桂桂，但連她自己也不相信。遠甫對陽子的態度，感覺她不像只是住在里家的孩子，而是把她當成客人——既然是客人，早晚都會離開。

她在桂桂的協助下洗好碗，用布擦乾後放進碗櫃。整理完廚房後，蘭玉回頭看著桂桂說：

「辛苦啦，我們來喝茶——你去叫遠甫。」

「嗯。」桂桂用力點著頭，跑向書房的方向。蘭玉走進廳堂，瞇眼看著桂桂離去——桂桂是她引以為傲的弟弟，聰明乖巧又勤快，人見人愛，遠甫也說要推薦桂桂讀小學之後的序學。

蘭玉既開心，又自豪，獨自笑著準備了茶器。聽到正房的門打開的聲音。

「遠甫，你要喝什麼茶？」
蘭玉問，但並沒有聽到回答。蘭玉抬起頭，看向門口時，渾身都僵住了。因為走進來的是幾個陌生的男人。
「請問——？」
總共有六個人。乍看之下是普通人，但渾身散發出危險的感覺。蘭玉忍不住向後退了一步。
其中一人關上門，擋在門前。
「你們是誰？有什麼事——」
蘭玉的話還沒說完，其中一人就從懷裡掏出短刀。
蘭玉尖叫著轉身，沉重的腳步聲衝了過來，從背後把她架住。
「你們是——」
她的嘴巴被捂住了，無法繼續把話說完。架住蘭玉的男人揚著下巴示意其他人，那幾個男人都擠到門旁。
——到底是怎麼回事？……這些人是誰？
走廊上傳來叭答叭答輕盈的腳步聲——是桂桂。
蘭玉睜大了眼睛。門輕輕動了一下，她用盡渾身的力氣掙扎，大聲叫了起來。
「桂桂——快逃——！」
她的腳被男人一踢，推倒在地上。蘭玉趴在地上，抬起了頭，看著門被打開，以及站在門口的矮小弟弟。
「桂桂，快逃！快逃！」
瞪大眼睛的桂桂還來不及轉身，男人已經衝了過去。其中一個男人輕輕鬆鬆地把桂桂拉了過來，伸出拳頭——不，是伸出了手上握的短刀。
「——怎麼了？」
外面傳來遠甫的聲音和跑過來的腳步聲，桂桂無力地癱坐在地上。矮小身體的腰帶上，露出了短刀的刀柄。
「桂桂！」
蘭玉大聲叫著，背上感受到強烈的衝擊。蘭玉發出尖叫聲，忍不住將身體蜷縮在地上，因為疼痛再度尖叫起來。
她抬起頭，看到遠甫跑向額頭頂著地面蹲下的桂桂。
「——蘭玉、桂桂。」
遠甫還沒有跑到桂桂身旁，幾個男人就跑過去抓住了他的手臂。遠甫甩開了他們，把手伸向蹲在地上的桂桂，用難以置信的力量抱起桂桂矮小的身體，欲言又止地看了蘭玉一眼，轉身跑向院子。
「遠甫……快逃……」
一個男人擋住了遠甫的去路，遠甫抱著桂桂跑向書房。幾個男人追了上去。
——為什麼？……為什麼、會發生這種事？

——桂桂。

蘭玉撐起雙手站了起來，她搖搖晃晃跑向門口。

——遠甫。

房子深處傳來凌亂的腳步聲，她扶著牆壁，來到走廊上，踉蹌著抓住了走廊上的欄杆。她想要衝出去求救，但遲疑了一下，抓著欄杆，沿著走廊跑向房子深處。

……桂桂。

蘭玉忍著後背上宛如灼燒般的疼痛，搖搖晃晃地在走廊上奔跑。來到客房和書房之間的轉角處，看到了倒在地上的桂桂，和被幾個男人抓住的遠甫。

「……遠甫！」

「蘭玉，快逃！」

「但是……」蘭玉看著倒地的弟弟。地上積了一灘血，桂桂一動也不動。既沒有叫，也沒有哭。

……這不是真的。

「——蘭玉！」

蘭玉回過神，看到跑過來的男人和他們手上的凶器，本能地轉過身，跌跌撞撞地在走廊上奔跑，感受到背後中了刀。

巨大的衝擊讓她忍不住跪了下來，倒在地上，但她仍然在地上打滾逃跑。她的腳又中了刀，脖子也受到重擊。蘭玉立刻衝進旁邊的一道門。

——要逃去安全的地方。

這裡是客房。她看到了臥室的門，把手伸向那道門。

——要去可以鎖門的地方。

她打開門，正想逃進去，背後又中了一刀，感受到一陣劇烈的疼痛。

啊啊。蘭玉嘆著氣。溫熱的東西順著她的脖子流下，她跑進臥室後，把手伸向臥室內的架子，但還是支撐不住倒下了，原本放在架子上的小盒子也一起落下，蓋子打開了。

……那是陽子的東西……

蘭玉意識模糊地想道。

……奇怪的女孩……幸虧她今天不在……

但是，這麼一來，里家就沒人了……遠甫一定會很難過。

——啊啊，遠甫！

剛才只顧著自己逃命，不知道遠甫怎麼樣了。

……太過分了，我們到底做了什麼？

雖然身體下方漸漸形成了血泊，但剛才看到弟弟倒在血泊中的樣子更令她難過不已。

桂桂年紀還這麼小，他這麼乖——那是自己唯一的親人，在父母死去後，姊弟兩人牽著手一起長大。

這個國家太悲慘了。她為自己生在慶國感到難過。父母去世，差一點無法繼續在這個國家生活，好不容易在里家過著勉強溫飽的生活，如今又遭到攻擊。這個國家太荒廢了，所以暴徒和竊賊才會橫行。

陽子。蘭玉無意識地握住了手邊的布包。

……妳要為桂桂報仇……絕對不要原諒那些人。

……這是……

布包裡有什麼堅硬的東西，蘭玉茫然地看著手上，看到指尖有金色的東西。

金色的印章。上面有印痕。

——為什麼有這種東西？

沉重的腳步聲靠近，蘭玉立刻握緊手上的東西，不讓殺戮者看到。

背後再度感受到兩、三次尖銳的疼痛。

——景王御璽。

……啊啊。

淚水從蘭玉的臉上滑落。

……陽子，救命。

就好像當初從窮奇手中救了我們一樣。

救救我們——救救慶國的人民……

4

「退下吧。」

景麒輕聲吩咐使令。兩隻妖魔無聲地消失了。固繼——北韋的街道近在眼前，目前他們正在遠離街道的樹林中。

身旁的主人默然不語。

——麥侯是怎樣的人？

拓峰的街頭是否發生了什麼事？雖然不知道陽子聽說了什麼事，但當她回到等在城外的景麒身旁時，立刻問了他這句話。景麒沒有和陽子一起進入拓峰，因為整個街道都飄著屍臭味。

陽子回來時情緒很激動，景麒無法當著她的面問使令到底發生了什麼事，所以也不知道主人為什麼突然問這個問題。

景麒只能據實以告。

「主上，您應該知道。」

「正因為不知道，所以才問你。」

「您不知道浩瀚的為人，就革了他的職嗎？」

陽子說不出話。

「臣之前請求主上，在充分調查後做出判斷，不要只聽官吏的意見。事到如今，主上還在問這個問題嗎？」

「我派人調查了，浩瀚覬覦王位，所以並沒有投靠偽王，而且還痛恨我，試圖殺了我，最後因為事跡敗露落荒而逃。」

「既然這樣，應該就是這麼一回事了。」

「但是我聽說浩瀚深受麥州百姓的愛戴。」

「臣也曾經聽說這個傳聞。」

「那你為什麼不告訴我！」

「恕臣請教，如果臣袒護浩瀚，主上願意傾聽嗎？」

陽子再度無語。

「說到袒護，臣曾經多次請主上慎重思考革除浩瀚職務一事，但比起臣的意見，主上更相信官吏的話。臣曾經向主上報告，臣認為浩瀚並非這種人，為什麼革了浩瀚的職，事到如今才問這個問題？」

陽子抬起一雙清澈的碧眼。

「……你覺得浩瀚這個人怎麼樣？」

「臣認為是一個出色的人，但因為只見過兩次，就只是有這種印象而已。」

「景麒……你！」

「──如果臣這麼說，您會改變主意？當時有官吏證實，也有證人，您完全不願意傾聽臣的意見。」

「夠了……我不想聽。」

陽子生氣地說完這句話，就不再吭氣。從拓峰來到固繼的路上，一句話都沒說。

「主上……城門要關了。」

「我知道。」陽子不悅地低聲說道。

「……您對臣這麼生氣嗎？」

「不，」陽子背對著他，轉過頭說：「我只是在生自己的氣……」

景麒輕輕吐了一口氣。他知道是自己說明得不夠清楚。雖然不是不願意說，只是經常沒有想那麼多，事後才發現自己說明得不夠清楚。

「請主上恕罪。」

「不是你的過錯。」

陽子轉過頭，臉上帶著複雜的笑容。

「我不應該對你發脾氣……我只是遷怒於你。」

「是我說明得不夠清楚。」

「不，我應該主動問清楚……對不起。」

走吧。聽到主人催促的聲音，景麒看著她，微微瞇起了眼睛，對主人沒有怪罪自己的堅強感到高興，同時也感到懷念。

——不。

一個令人懷念、充滿稚氣的聲音響起。

——我不應該急著做結論，早知道應該問清楚。

景麒望著抹上一層藍色的天空。

那個國家——在那裡嗎？

自己犯了太多的錯誤。走回往固繼的里時，陽子暗自想道。也許最大的錯誤，就是沒有充分信賴麒麟。

「你要回去了嗎？」

她在走進城門時問道，景麒抬頭看著天空說：

「還有時間去向遠甫打聲招呼，見了他之後再回去。」

「遠甫是怎樣的人？」

「臣也不太清楚，」景麒說完，露出為難的表情。「他原本在麥州，聽麥侯說，他知書達理、博學多聞。因為有人嫉妒遠甫很有聲望，試圖加害於他，麥侯找臣商量，是否可以將他安置於瑛州某處。」

「浩瀚……原來是這樣。」

八成是因為陽子對浩瀚沒有好印象，所以景麒無法說出口。陽子想到這裡，忍不住露出自嘲的笑容。

——我真的犯了大錯……

她一路這麼想著，來到了里家附近，走過轉角，還剩幾步時，景麒突然停下了腳步。

「——怎麼了？」

景麒眉頭深鎖。

「有血……腥味。」

陽子巡視周圍。冬天的里，街上冷冷清清，不見人影。

「怎麼可能？」

陽子感到一陣不安，拔腿奔跑，衝進里家的門內。她跑進正房，然後停下了腳步。

……地上有一點點紅色的東西。

廳堂內沒有人，里家內完全沒有任何動靜。

「——蘭玉！桂桂！」

血跡從走廊一直向屋內延伸。

「——遠甫！」

陽子跑向屋內深處，一頭妖獸出現在她腳下。

「沒有敵人。」

陽子聽到後，點了點頭，繼續跑向深處。轉了一個彎，看到桂桂倒在走廊上。

「——桂桂！」

她跑了過去，跪在地上。弱小的身體深深地插了一把短刀，陽子伸手摸著他的身體，發現他的身體很無力。

「桂桂——！」

「不要動他。」

回頭一看，眉頭深鎖的景麒站在那裡。

「他還有呼吸——驃騎，把他帶去金波宮。」

「可能來不及了。」

一個低沉的聲音回答，景麒點了點頭，意思說他知道。

「有需要的話，我會親自帶他去——你先帶他上路。」

「遵命。」隨著一個簡短的回答聲，桂桂的身體下方出現了一頭紅色的豹，用背把桂桂抬了起來，一身白色羽毛的鳥女支撐著。

「驃騎、芥瑚，拜託了。」

陽子說完，巡視四周。血跡一直向客房延伸，沿著血跡一直走，來到了陽子的房間，看到地上斑斑血跡，景麒忍不住腿軟，停下了腳步。

「景麒，你不必勉強，離遠一點。」

「但是——」

「桂桂就拜託你了，立刻請瘍醫治療。」

「遵命，但是——」

陽子沒有理會他，走進了客房，看到臥室的門敞開著，立刻走去臥室，發現倒在地上的蘭玉。

「──蘭玉……！」

她跑了過去，把手放在蘭玉肩上，但立刻縮回了手，捂住了自己的臉。

「……為什麼？」

──蘭玉已經沒有呼吸了。

「為什麼、怎麼……」

蘭玉和桂桂不可能和人結怨，蘭玉背上的傷痕一隻手都數不夠，她不知道到底有誰這麼痛恨蘭玉。

「為什麼……？」

陽子抓著瀏海，猛然抬起了頭。

「──遠甫。」

「他不在。」

班渠回答。

「──他不在？」

「里家的裡裡外外都找過了，都沒看到遠甫，也不見他的屍體。」

「──為什麼？」

「血腥味來自三處，他似乎受了傷，所以可能被綁架了。」

陽子咬著嘴唇。

——之前曾經有一天晚上，有幾個男人出現在里家周圍，可能是他們？也可能是來找遠甫的那個臉色陰沉的男人，或是拓峰那個高大的男人。

回想起來，這些人都有可能，她為自己竟然無法保護里家的人感到懊惱。

「蘭玉……對不起……」

陽子輕輕撫摸著蘭玉的背，為她梳理凌亂的頭髮。蘭玉的一隻手壓在身體下方，似乎抱在胸前。陽子不由得為她死去時的姿勢也這麼痛苦心生同情，她把蘭玉的手拉了出來，發現她的右手握緊了拳頭。

——她手上握著什麼。

從拳頭的形狀可以瞭解這件事。陽子摸著她還帶著餘溫的手，輕輕地打開她的拳頭，沉重的金色印章滾落下來。

「——蘭玉。」

陽子睜大眼睛——蘭玉是否知道這個印章是什麼？

也許在當時的狀況，她根本不知道自己在做什麼，也沒有時間看印章上刻的是什麼，即使有時間，以她的傷勢，而且印章上的字是反的，應該不容易看清楚。

——想到這裡，她不由得思索蘭玉拳頭的意義。

她的手好像故意藏在身體下方，好像在隱藏什麼東西。如果她想要藏起來，一定是不想被殺戮者看到。

為什麼要藏？因為這是陽子的東西，而且是純金印章的關係？還是？

「蘭玉……謝謝妳……」

陽子不想哭，但淚水還是不爭氣地流了下來。

「真的很對不起……」

如果自己沒有出門，如果留在里家，一定可以保護他們。

「——班渠，景麒呢？」

「去宮城了。」

「是嗎？」陽子點了點頭。無論如何，至少要救活桂桂，否則實在太對不起蘭玉了。

——拓峰也有孩子死了。

陽子咬著嘴脣，看著蘭玉，深深地鞠躬。

「真的很抱歉，我是個不成材的王……」

第十五章

1

沒有月亮的夜晚，風在呼呼地吹。

里家內沒有燈光，陽子茫然地坐在空無一人的廳堂內。

景麒變身為麒麟，帶著桂桂回王宮了。雖然桂桂還有呼吸，但聽瘍醫說，目前還不知道是否能夠救活。

「台輔也病了。」

聽到驃騎的聲音，陽子點了點頭。

——怎麼會這樣？

里府的衙役看到蘭玉，捂住了臉。

——遠甫和桂桂呢？

陽子只能回答說，他們不見了。如果連桂桂也死了，到底該怎麼辦？如果桂桂僥倖活了下來，該如何向他解釋為什麼蘭玉不在？還有遠甫呢？

——如果妳在里家，就不會出這種事了。

不需要里宰說，陽子自己也這麼認為。如果自己在場，他們三個人絕對不會發生這種事。

「……向景麒轉達我的感謝，謝謝他把桂桂帶去王宮。」

「遵旨——但是，您接下來有何打算？」

「我要去找遠甫。」

「我並非毫無頭緒，無論如何，我都要找到遠甫，抓到凶手。」

「——主上。」

「台輔很擔心主上。」

「你告訴他，我不會亂來，叫他暫時睜一隻眼，閉一隻眼。我無法坐視這種情況繼續發生。」

驃騎停頓了一下，回答說：「是，臣會轉告台輔。」

「嗯……拜託了。」

驃騎隨即沒有了動靜。廳堂內只有寂靜的沉默和呼嘯的風聲。

如今已經沒有人為陽子點燈了，忙進忙出地為她點火、加炭，在爐灶上燒水，讓熱氣在房間內瀰漫的少女已經不在了，再也不會回來了。

陽子拿起放在椅子上的劍。

——慶國祕藏的水禺刀。

降服妖力強大的魔而封印成劍和鞘，如果操縱得宜，劍身可映照出過去、未來和千里之外的事，劍鞘可解讀人心。

陽子輕輕拔出劍，注視著白色劍身。當初以水鑄成此劍，隨主易形。達王鑄了水禺刀，起初並無鞘，是一把長柄偃月刀，取名為水鑑刀。得知刀會擾亂主人思緒，達王以鞘封印。取名為水禺刀後，隨主人的更迭而易形，目前在陽子手中為劍，即使變成斧頭、棍棒，鞘身也會隨之易形。一旦失去了鞘，便成為危害主人的魔劍——然而，陽子遺失了劍鞘，雖然鞘身仍在，卻徒有其形，已經失去了封印劍的力量。

——該稱為水鑑刀嗎？

雖然陽子曾經命令冬官鑄造新的劍鞘，卻都無法壓制劍身。而且，劍失去了劍鞘的束縛後日漸失控，陽子已經無法控制，劍身上浮現的幻影也都是意義不明的惡夢。這可是舉世無雙的珍寶。冬官無聲地責怪遺失劍鞘的陽子。

陽子目不轉睛地看著劍身，終於吐了一口氣。

「……不行啊……」

白色劍身的幻影中找不到遠甫的身影。

「……班渠。」

「臣在。」黑暗中傳來回答聲。

「我睡一下，城門開啟前叫醒我，我一大早就要去拓峰。」

「遵旨。」只聽到班渠回答的聲音。

清晨，陽子來到北韋，直奔勞姓男子的家。他曾經帶奇怪的蒙面男子去找遠甫，然後又在拓峰的旅店看到了那個高大的男人。之前曾經出現在里家周圍的幾個男人也回到拓峰，似乎一切都有關聯。

她在寒風中走到勞家門口，遲疑了一下，敲著大門。屋內寂靜無聲。她用力敲門，對面那戶人家走出來一位老婦人。

「——一大清早吵什麼啊，如果妳要找勞，他不在。」

陽子轉過頭，看著有著一張陰鬱臉孔的老婦人。

「不在？」

「他消失不見了，可能連夜逃走了。雖然不知道他是幹什麼的，但經常有一些可疑的人去他家，可能發生什麼事了。」

「什麼時候？」

「不清楚，有一段時間了，差不多半個月左右吧。」

半個月的話，剛好是陽子第一次來這裡的時候。

——被他逃走了嗎？

「妳認不認識出入勞先生家的人？我想知道他去了哪裡。」

「不知道，因為那些人看起來都非善類。」

老婦人停頓了一下又說：

「啊，有一個看起來有點可怕的男人不時來找他，經常大搖大擺地坐馬車來，而且總是刻意避人耳目。」

「該不會是蒙著面？」

「對，有時候也會蒙面，年紀將近四十歲。」

「將近四十歲……」

陽子猜不到是誰。

「勞做了什麼壞事嗎？」

「那倒不是。」

「哼。」老婦人冷笑了一聲。

「我知道他早晚會出事情，反正他原本就不是本地人。」

「他不是北韋的人嗎？」

「當然不是。去年秋天的時候，突然搬來這裡，之後也從來不和鄰居打招呼，也從來不交談。既然沒事，就別和他扯上關係，反正他不是什麼好人。」

「是嗎……謝謝妳。」陽子微微鞠躬道謝。

離開北韋後，陽子叫了班渠。班渠的腳程可以匹敵最快的騎獸，如果運用遁甲術，速度更快，但這樣就無法載陽子同行。

陽子在偏僻處騎上班渠，一口氣趕到了拓峰。在拓峰城門外跳下班渠，進了城門後，第三度前往之前來過兩次的旅店。

——其中一定有關聯。

之前來里家探虛實的幾個男人回到了拓峰，第一次來這裡時感受到的危險氣氛，以及看起來氣勢洶洶的男人——

——眼前只能懷疑這個男人了。陽子心裡很清楚。

蒙面男、勞先生都已經消失無蹤，陽子只能懷疑旅店的那個男人——在勞家出入的那個男人。

陽子快步穿越了空氣不良的小路，停下了腳步。她快步跑向那家熟悉的旅店，輕輕推了推門。

「——？」

大門一動也不動。仔細一看，面向馬路的窗戶用木板封住了。她輕輕敲了敲門，門內完全沒有動靜，和剛才在勞家的情況一樣。

「——為什麼……？」

陽子用拳頭敲著門，然後轉身跑向對面那戶人家，敲著同樣緊閉的門，門內立刻有人應答。

「——誰啊？」

一個年約五十歲的男子探出頭。

「……對不起，請問對面那家旅店。」

「喔，」男人看著對面，「好像倒了。」

「倒了……我昨天來過，還在正常營業……」

「昨天深夜，他們把東西搬走了。」

「昨天深夜——」

陽子握緊了拳頭。

「……請問那個高大的男人叫什麼名字？」

「啊？妳是問虎嘯嗎？他很高大吧？」

「對啊……還有一個十四歲左右的男孩，他呢？」

「是夕暉，是虎嘯的弟弟——妳來找虎嘯嗎？」

「不，我來找一個叫鈴的女孩……」

「喔。」男人忍著呵欠，抓著脖子說：「就是那個帶著三騅的女孩……他們一起走了，不好意思，我沒問他們去哪裡——妳是誰？」

陽子微微鞠了一躬後轉身離開，男人在背後叫罵著，但她懶得回頭。

——昨天來這裡的時候，鈴說虎嘯不在。鈴還問自己，會不會再來。

虎嘯那時候出門了。為什麼突然關掉旅店搬走了？里家應該也是在昨天那個時候遭到攻擊。

「……虎嘯。」

不可能沒有關係。他們襲擊了里家，然後銷聲匿跡了嗎？既然這樣，鈴為什麼問自己還不會再來。

「……這到底……是怎麼一回事？」

總是令遠甫愁眉不展的蒙面男人出入勞家，之前在勞家見過虎嘯。包圍里家的男人回到了拓峰這裡。虎嘯、夕暉和海客的鈴——在拓峰死去的孩子。陽子找不到這些人物之間明確的關係。

「我要找到虎嘯……」

現在還不能輕言放棄。虎嘯、夕暉、鈴。鈴帶著三騅——並不是毫無線索。

「一定要把他們找出來……」

2

有三十多個人頻繁出入祥瓊暫住的家中，如果加上只來過一次的人，就有超過五十多個人，而且所有人都認識桓魋。

他們的確是傭兵，大部分人都受雇保護出入明郭商隊的貨物，但有的人從來不外出工作，好像在家裡等待什麼，有的人頻繁外出，但看起來不像去工作，這種人也不少。桓魋就是既不出門，也不去工作的人之一。

「你是因為救了我，所以無法出門嗎？」

有一天，祥瓊問桓魋，桓魋微微搖了搖頭。

「不是這樣，我生性很懶散。」

出入這裡的人經常閒得發慌，就會拿劍或長槍對打。桓魋也不會加入他們，只是在一旁看而已。

桓魋果然是這棟房子的主人，每個人都對他另眼相看，和他說話時的語氣畢恭畢敬，也把桓魋帶回來的祥瓊視為客人。祥瓊在這裡打雜抵住宿的費用，但除了桓魋以外，從來沒有人吩咐她做事。這些人寄宿在桓魋提供的場所，而且每個人都不一樣，唯一的共同點，就是都痛恨和州州侯呀峰。

——俠客。

反骨的意志和有紀律的團體。祥瓊知道這裡是反呀峰俠客聚集的地方，但也隱約覺得並非這麼簡單，因為桓魋也照顧這些人的生活。

——他哪來這麼多錢？

他的家境很富裕嗎？可以讓他這樣花錢如流水嗎？

也許——祥瓊暗自思考。出入這裡的人該不會都是桓魋雇用的傭兵？或者說，桓魋本身也是傭兵？

她一邊思考，一邊為院子裡的水甕裝水，聽到門外傳來馬蹄聲。她抬起頭，看到敞開的大門外停著一輛馬車，一個男人從馬車上走下來。男人頭上包著布巾，低頭走進大門後，關上了門，才終於抬起頭。外面傳來馬車離去的聲音。

「請問——？」

祥瓊開了口，男人把蒙住臉的布拉到肩膀上。他年約四十左右，看起來很有威嚴。

「——妳是誰？」

男人的聲音很深沉，祥瓊內心有點納悶，微微欠身回答：

「我是在這裡打雜的。請問你是哪一位？」

「我來找桓魋，他在嗎？」

「喔，在。」

男人向她點點頭，自己走去正房，完全無意請祥瓊去通報，也沒有要她帶路。祥瓊慌忙追上男人。

「對不起，請問你是哪一位？」

即使沒有人交代，祥瓊也知道這裡不是可以隨便讓人進入的地方，她覺得不應該隨便讓一個來歷不明的男人進去。

「請問你是桓魋的朋友嗎？」

祥瓊幾乎擋在男人面前，男人微微瞇起眼睛笑了笑。

「原來如此，他找了一個稱職的下女——我叫柴望，可不可以請妳去通知桓魋？」

我才不是下女。祥瓊心裡這麼想，但還是點了點頭，衝上正房的樓梯時，桓魋剛好從正堂走出來。

「啊，桓魋——」

「嗯。」桓魋向祥瓊點了點頭，他剛才應該聽到了祥瓊的聲音。桓魋深深地鞠了一躬，柴望隨意點了點頭，走上了樓梯，自己走進了正堂。

「桓魋……這位是？」

「嗯，我為妳介紹，跟我來。」

祥瓊點了點頭，跟在桓魋身後時想，桓魋可能真的受人雇用，雇主就是這個柴望——

走進正房，就是廳堂，正前方的牆上掛著掛軸和對聯，下方的供桌前有一張方桌和兩張椅子。那是一家之主的座位，平時當然只有桓魋會坐那裡，但柴望已經坐在其中一張椅子上看著祥瓊和桓魋走進來。

「你雇了一個有趣的女孩。」

聽到柴望這麼說，站在他面前的桓魋苦笑著。

「她並不是我雇用的。」

桓魋向他大致說明了把祥瓊帶回這裡的經過。

「原來如此，」柴望輕輕笑了笑，「很有膽量，還是說，只是不知道在和州向官吏丟石頭有多危險？」

「不可能不知道，因為祥瓊是芳國人。」

柴望微微偏著頭，看著祥瓊。

「妳在芳國的——哪裡出生？」

祥瓊遲疑了一下，不知道該老實回答說蒲蘇，還是該說惠州新道。

「……蒲蘇。」

「蒲蘇的祥瓊嗎？」

柴望只說了這句話，沒有再多說什麼。

「——妳知道聚集在這裡的都是些什麼人嗎？」

「應該知道。」

「因為沒有其他地方可去，所以繼續留在這裡嗎？」

祥瓊有點生氣。

「我的確沒有其他地方可去，但如果沒有共識，不可能繼續留在這裡。」

「共識？」

「我無法原諒呀峰。」

祥瓊斬釘截鐵地說。慘遭磔刑的男人慘叫聲至今仍在她耳邊揮之不去，男人的慘叫聲喚醒了她在芳國差一點被五馬分屍的黑色恐懼。因為這種恐懼，她情不自禁地丟出石頭，她因為自己的行為想起了沍姆。沍姆的兒子也因為向刑吏丟石頭而被殺，她能夠體會他當初丟石頭的心情，也進而體會到沍姆對他因而被殺害所產生的怨恨。

——她一定恨得快發瘋了。

她並沒有心胸寬闊到能夠諒解沍姆對自己的折磨，也不覺得那是無可奈何的事，卻能夠理解沍姆為什麼會那麼做，然後開始覺得——的確必須有人阻止這一切。

柴望點了點頭。

「和州的情況相信妳也看到了，這一切都是和州侯呀峰的為人造成的，他把和州當成私有財產，無視王的顏面和國家的意志欺壓百姓，動搖慶國的國本，絕對不能讓這種奸臣繼續橫行。」

「……是。」

「原本應該由王進行指導，由國家來做這件事，但新王登基時日尚短，掌握朝廷大權的朝廷命官從予王的時代就開始濫權，剛登基半年的新王根本不是他們的對手，新王想要掌握朝廷，進而治理九州是至難之業，而且新王是胎果，並不瞭解慶國的狀況。」

祥瓊點了點頭。

「因此，追究呀峰的惡行，高喊和州有亂，呀峰的治理有隱憂，新王可能會注意到九個州各有煩惱，我們衷心希望新王能夠注意到。」

「是……我理解。」

「因此，推翻呀峰不光是為了和州，更為了讓王瞭解和州的現狀。即使我們無法推翻呀峰，也可以由王制裁，否則，王和呀峰就是我們的敵人，我們必定加以討伐。即使如此，妳仍然和桓魋有共識嗎？」

祥瓊輕輕握緊拳頭。

「……是，如果可以，我希望可以參與。我堅信景王一定會注意到。」

這麼相信一定沒問題。因為樂俊那麼擔心，所以祥瓊相信，為自己是否有資格坐上王位而煩惱的景王不可能那麼愚蠢。

柴望輕輕笑了笑。

「是嗎？沒想到芳國的客人比我們更相信王，真是太諷刺了。」
「你——不相信嗎？」
「雖然有人說要相信景王，所以我希望可以相信。」
「——啊？」
柴望沒有回答祥瓊，輕輕拍了拍桌子。
「總之，我們很歡迎妳，那就萬事拜託了。」
「……是。」
祥瓊點了點頭，桓魋納悶地偏著頭問：
「您今天來此地是為了見祥瓊嗎？」
「怎麼可能？」柴望笑了起來，「當然是有事來找你。」
「發生什麼事了？」
「瑛州北韋的——不，正確來說，應該是固繼。固繼的閭胥遠甫失蹤了。」
「——那是？」
「昨天有人襲擊了固繼的里家，殺害了里家的一個女孩，擄走了女孩的弟弟和閭胥遠甫，里家沒有任何東西失竊，所以不知道擄人的目的，但最近有人經常在里家周圍打轉，而且是拓峰的人。」
「——拓峰。」
「昨天拓峰在日落後開了城門，城門打開後，一輛馬車進了城。」

「……原來如此。」祥瓊抬頭看著桓魋。

「……這是……？」

「拓峰還有另一頭豺虎，名叫昇紘——能夠命令關閉的城門打開，必定不是等閒之輩，最有可能的就是昇紘，昇紘背後必定有呀峰撐腰。」

「呀峰命令昇紘擄走了那個閭胥嗎？」

聽到祥瓊的問題，柴望噗哧一聲笑了起來。

「最好先別急著下結論，我今天來這裡，是希望你們調查這件事。」

「是。」

「還有另一件事——明天會有貨送來這裡，請你送去給北韋的勞先生。」

桓魋點點頭，輕輕苦笑著。

「勞先生搬去豐鶴了，好像他周圍不怎麼太平。」

柴望皺起眉頭。

「勞先生嗎？」

「詳細情況等送貨過去後，應該就可以知道了。」

柴望點了點頭說：

「有二十件冬器，那就交給你了。」

桓魋深深地鞠躬說：

「遵命。」

3

虎嘯等人搬去了拓峰西南角落的一家妓樓，雖說是妓樓，但其實只是徒有虛名，因為慶國的女人很少，所以幾乎沒有招待客人的妓女，大家都轉移到街東的妓樓去了，這裡只有兩個人老珠黃的女人，和妓樓老闆一樣，和虎嘯是志同道合的自己人。

地點所在的方位決定了等級，城府以南通常是市井，面向環途的是市場，市井和市場都是越往東越高級。

「聽說市井原本應該在北邊。」

夕暉告訴鈴。夕暉和鈴都在這棟冷清的妓樓內打雜。

「──為什麼？」

「不知道。老舊的城鎮似乎都這樣，很久以前的書上這麼寫。中央有府城，北邊是百姓居住的市街，在百姓居住的市街，東邊比西邊更高級──但通常不是相反嗎？」

「我去過的城鎮，市街都在南邊，房子都在中間，廟和寺院在北邊。」

「可不是嗎？從來沒有遇到任何災難、從很久以前保留下來的城鎮，就是這種相反的情況，不知道從什麼時候開始，格局完全相反了，實在太不可思議了。」

「你對這些事很有興趣嗎？」

「嗯。」夕暉在洗碗時點著頭。

「……你沒有繼續上學真是太可惜了。」

「嗯，但因為我覺得現在不是悠閒地想這種事的時代，真希望自己出生在有一個出色的王在首都，國泰民安的國家……但可惜沒這個福氣，所以也是無可奈何的事。」

「如果生在雁國或奏國就好了。」

夕暉苦笑著說：

「這麼想毫無意義，因為我就是出生在慶國，既然生在這個國家，就要看如何活出自己。」

「夕暉，你真的很堅強……我能夠理解虎嘯為什麼為你感到可惜了。」

「他才讓我擔心呢。他這個人，自己的事不重要，經常為了別人的事感到生氣，最後公親變事主，結果這次又在這麼大的事上強出頭，真是受不了他。」

鈴停下手，眨著眼睛。

「……你該不會並不贊成虎嘯目前在做的事？」

「並不是這個意思……但是，這裡的人對昇紘的憤怒並不像哥哥這麼強烈——應該說，他們太害怕了，覺得與其和昇紘對抗，還不如忍氣吞聲過日子。」

「我……能夠體會。」

鈴看著自己的手。

因為受到傷害太痛苦了，所以久而久之，就會無條件地害怕疼痛，為了逃避痛苦而忍耐，時間一久，甚至覺得忍耐也是在反抗……雖然忍耐完全無法改變任何事。

夕暉輕聲嘆了一口氣。

「萬一哥哥攻擊昇紘失敗了呢？昇紘必定會惱羞成怒，比之前更加折磨止水的人，所以止水的人就會怨恨哥哥……」

「……也許吧。」

「所以，我必須陪著哥哥——真搞不懂到底是誰在照顧誰。」

夕暉調皮地笑著，鈴也跟著露出微笑，虎嘯剛好在這時走進來，鈴和夕暉互看了一眼，忍不住笑了起來。

「——笑什麼？」

「……沒事，有什麼事嗎？」

虎嘯聽到夕暉的問話，再度偏著頭，站在廚房門口向鈴招了招手。

「不好意思，又要借用妳的三騅了。」

「……運貨嗎？」

鈴經常受虎嘯之託，去近郊的廬運送物資。

「對，但是這次比較遠，要離開拓峰往東邊的豐鶴，馬車要走兩天。這是地圖。妳去勞先生那裡，之前拜託他的貨應該已經到了。」

勞蕃生是虎嘯的舊識。

「……我知道了。」

「勞先生會把貨物打包妥當，即使被衛士攔下，也不要讓他們打開檢查，更不能被偷走。」

「……是不能被人看到的東西嗎？」

虎嘯點了點頭。

「——是冬器。」

鈴的身體不由得緊張起來。

「雖然很重，但體積不會太大。只要有這批貨，至少可以讓稍微有點武藝的人手上有冬器——拜託妳了。」

鈴點了點頭。

「……沒問題，那我去接那批貨。」

翌日早晨，鈴離開了拓峰，沿著幹道一路向東。三騅的腳程只需要半天，所以一大早就出門的鈴在中午到了豐鶴。

豐鶴的規模和拓峰差不多，是止水鄉旁琅耶鄉的鄉城。

鈴看著虎嘯畫的地圖，尋找著位在西南方向的房子。前方那棟搖搖欲墜，看起來很窮酸的房子似乎就是她要找的地方。

面向馬路的大門深鎖，她敲了敲門，一個五十歲左右的矮個子男人走了出來，頭髮上有難得一見的棕色斑紋。

「——哪一位？」

鈴輕輕拱手，按照虎嘯告訴她的方式向他打了招呼。

「我來自麥州產縣支錦。」

男人看向鈴拱手的手，瞇眼看著她的戒指。

「——進來吧。」

勞先生雖然幫虎嘯的忙，但並不是自己人，鈴剛才的動作並不是確認對方是否自己人，而是向勞先生表明自己的身分。

走進大門，是一個狹小的院子，院子後方是一棟老舊的房子，不大的房子和盧家差不多。鈴帶著三騅走進院子，男人關上大門時，回頭看著鈴說：

「我是勞蕃生，是虎嘯派妳來的吧？」

「對……他叫我來拿貨。」

「嗯。」勞先生點了點頭，微微皺起眉頭。

「只不過關鍵的貨物還沒有送到。」

「——啊？」

「今天之內，會由兩方人馬把貨送到，但目前都還沒有來，不好意思，可不可以請妳稍等一下？」

「好。」鈴點了點頭，虎嘯吩咐她，到這裡之後，一切聽從勞先生的指示。

「如果傍晚才到，就要請妳在這裡住一晚——雖然這裡不太乾淨，但至少有睡的房間，就請妳包涵了。」

「不，千萬別這麼說。」

「那妳就隨便坐，這匹馬看起來很不錯，我餵牠喝水，妳喝茶可以嗎？」

「好。」鈴點了點頭。

勞先生雖然長相並不和善，但和他聊天後，發現他很豁達。他們面對面坐在院子的石桌前，看著三騅吃飼料葉，天馬行空地閒聊著。

「——原來妳從才國來，這一路旅行很辛苦吧。」

「我只是搭船而已。」

「慶國怎麼樣？和才國相比，天氣應該比較寒冷吧？」

「我之前和朱旌一起四處流浪。」

「是嗎？」

勞先生說話時，聽到有人敲大門。勞先生調皮地皺了皺眉頭。

「終於來了，真是太久了。」

勞先生打開門，和門外的人低聲交談了兩、三句話後，一個和鈴年紀相仿的女孩牽著一頭馬走了進來。勞先生一頭棕色斑紋的頭髮很罕見，但鈴也很少見過像這個女孩般一頭藏青的頭髮。

「終於到了二十。」

勞先生誇張地苦笑著，指著石桌對女孩說：

「妳也先坐一下。」

「但是……」女孩抬頭看著勞先生，他苦笑著說：

「不好意思，如果不湊足三十，無法從她手上拿到錢。我拿不到錢，就無法付給妳。」

鈴開了口。

「呃，不然，我先把錢——」

勞先生態度堅決地舉起手。

「不要，我這裡不做這種生意，我只是負責經手，並不是在做買賣。」

「喔……好的。」

勞先生露齒而笑，回頭看著年輕女孩。

「所以，妳也等一下，如果有意見，就對遲到的人說——妳也喝茶可以嗎？」

「好……」

少女點了點頭，鈴目不轉睛地打量著她。少女的五官很漂亮，年紀真的和鈴差不多。她在勞先生的催促下坐在陶製的椅子上，注視了鈴片刻，立刻看向三騅。

「是三騅……」

少女小聲嘀咕，鈴微微偏著頭問：

「妳知道？」

「我以前曾經看過。」

「是喔……我叫鈴，從拓峰來——妳呢？」

「我叫祥瓊，從明郭來這裡。」

「……我們年紀差不多吧？妳幾歲？」

祥瓊想了一下。

「……十六歲。」

鈴想要介紹自己的年紀，但忍不住遲疑了一下。到底該說自己幾歲？她漂流到這裡是虛歲十四，以這裡的計算方式，就是十二歲的時候。之後在各地流浪了四年，然後才昇仙，所以應該也該說是十六歲吧。

「呃……我的年紀也差不多。」

聽到鈴這麼說，祥瓊微微偏著頭，但並沒有再說什麼。

「祥瓊，妳是慶國人嗎？」

「不，我從芳國來。」

「芳國？——西北虛海中的國家？」

「對，四極國之一——妳呢？」

「我來自才國，我們都是從遙遠的地方而來。」

「對啊。」祥瓊笑道，鈴終於放鬆了肩膀的力量。

「太高興了，因為在慶國很少看到同年紀的女孩。」
「是啊……妳怎麼會來這麼遠的地方？」
鈴微微偏著頭，她因為有很多想法，所以一路旅行到這裡——但一切都變成了往事，過去的期望和現在的她已經沒有太大的關係。
「……也沒有特別的原因。」
「沒有特別的原因，千里迢迢來到慶國嗎？」
「嗯……起初是說景王是和我年紀相仿的女王。」
祥瓊微微睜大眼睛，眨了眨眼。
「——而且和我一樣，也是海客。」
「妳也是倭國的人？」
「嗯，對啊，所以在這裡找不到屬於自己的地方，覺得同樣是蓬萊人當女王的國家，或許可以找到屬於我的地方——妳怎麼了？」
祥瓊驚訝地瞪大眼睛，聽到鈴的問題，露出有點複雜的表情，輕輕笑了笑。
「我也是——」
「什麼？妳也是海客？」
「不，我也是來看景王的國家。」
「啊？」鈴說不出話。
「——因為她的年紀和我相仿。」

「……太不可思議了，所以，我們為了景王，分別從芳國和才國來這裡，然後在這裡相遇嗎？」

「好像是。」

「……太巧了。」

「是啊。」

鈴和祥瓊竊聲笑了起來，背後傳來勞先生的聲音。

「不要隨便聊自己的事。」

鈴驚訝地回頭看著她，勞先生拿著茶杯，皺著眉頭站在這裡。

「在這裡見面的人不會彼此聊自己的事，這是我的規矩。」

「喔……對不起。」

「我只是仲介商品，並沒有仲介人。來找我的人都有隱情——雖然可疑的人不可能進這個院子，但既然彼此都有隱情，就不需要知道彼此太多的情況。」

「好。」鈴縮起脖子，瞥了祥瓊一眼，祥瓊也剛好用同樣的眼神瞥了她一眼。

4

直到城門快關閉時，另一批貨才終於送到。鈴和祥瓊都來不及離開豐鶴，不得不在勞先生家打擾一晚。兩個人睡在同一個房間，在並不寬敞的房間內分別有一張沒有頂篷的臥床和一張床榻。

「……呃，妳要睡哪一張？臥床還是床榻？」

「我都可以。」

「那妳睡臥床，我睡床榻就好。」

「……這樣太不好意思了。」

「沒關係，我回程有三騅——明郭不是在東方很遠的地方嗎？妳要騎馬回去？」

「騎馬的話，大概一天的時間。」

「那還是妳睡臥床，我不需半天就到了。」

祥瓊想了一下後，點了點頭。

「那就太感謝了——不瞞妳說，我很高興，因為這一陣子一直都睡床榻。」

「是嗎？那就太好了。」

鈴和祥瓊都小聲地笑了起來。

「……鈴，妳在拓峰都做些什麼？」

祥瓊問完，慌忙縮著脖子說：

「是不是不該問這些事？」

「……我們不要理會他？」

臥室內再度響起兩個少女的笑聲。

「——呃，我是在旅店打雜。祥瓊，妳呢？」
「我也算是在打雜。」
「但是，到底是怎麼……」
鈴原本想問祥瓊，到底是怎麼張羅到那批貨，但最後還是把話吞了下去。這樣似乎問太多了——祥瓊微微偏著頭回答說：
「太不可思議了，妳知道那些貨是什麼？」
「……是啊。」
「冬器要用來幹什麼？而且要三十件，要張羅到那麼多數量並不容易。」
「張羅到這些的人竟然說這種話？」
「我只是當跑腿而已。」
「我也一樣。」
兩個人都沒有說話，相互看著對方，祥瓊先笑了起來。
「……我不太清楚，也很納悶為什麼可以張羅到那麼多冬器，但那人看起來像是有錢人。」
「是嗎……我們只是……需要用。」
祥瓊偏頭看著鈴。來自拓峰的女孩買了三十件冬器，三十件冬器的價格可以買三百件普通的武器。
——拓峰。

「……該不會和昇紘有關？」
鈴慌忙搖著手說：
「不是……不是這樣。」
「派我當跑腿的人在明郭徵集傭兵。」
鈴張大了眼睛。
「……呀峰。」
「我們該不會在想相同的事？」
「——好像是。」
臥室內一陣沉默。
鈴坐在床榻上，吐了一口氣。
「和我一起旅行多日的男孩被昇紘殺了。」
「啊喲……」
「為什麼竟然允許像昇紘這種官吏存在？止水真的就像生活在水深火熱中。」
「我曾經聽說過。」
「我猜想傳聞不及真相的一半。清秀——和我一起到拓峰的男孩根本沒有做錯任何事，只因為擋了昇紘的馬車，就被殺了……我實在太生氣了，想到為什麼會允許像昇紘這種人，就感到很生氣，但是昇紘——」
「有呀峰為他撐腰。」

聽到祥瓊這麼說，鈴眨著眼睛。

「妳果然知道？」

「這件事好像無人不知，呀峰和昇紘似乎狼狽為奸。」

「……也許吧，真希望有人處罰昇紘那種人，但是，呀峰有景王撐腰，沒有人敢懲罰昇紘，所以，只能自己動手，不是嗎？」

「並不是妳想的這樣。」

「啊？」

「我猜想景王並沒有保護昇紘，那是先王予王時代的事吧？」

「不光是先王，現在的景王也——」

「派我來這裡的人說，景王並不知情。」

「但是……」

祥瓊看著鈴的眼睛說：

「我在柳國遇見景王的朋友。」

「——什麼？」

「那個人的朋友，應該不可能是壞人，我不認為景王會為昇紘撐腰，也不可能和呀峰勾結，不可能有這種事。」

「是嗎……？」

「景王登基時日尚淺，她應該還有很多事搞不清楚……我相信只是這樣而已。」

「她是王，怎麼可以搞不清楚？我無法原諒。」
祥瓊注視著鈴的臉。
「……我的父親以前也是王。」
「——啊？」
「他叫峰王，三年前被百姓討伐而死。」
鈴張大了嘴，祥瓊看著她的臉。
「百姓痛恨我的父親，恨到最後殺了他。現在我終於能夠理解，百姓為什麼痛恨我的父王，但即使是這樣，我仍然為他的崩殂感到難過……我猜想就像妳為清秀死去感到難過一樣。」
「……喔……嗯。」
「如果我不希望父王死去，就應該在他被百姓如此痛恨之前向他提出諫言，我為自己當初沒有這麼做感到懊惱……但是，如果景王周圍只有一些像我這麼愚蠢的人呢？不，我的母后也和父王一樣，百姓對她深惡痛絕，有人說，是母后慫恿父王犯罪。」
祥瓊垂下眼睛。
「……我不知道真相如何，但如果景王周圍只有這種人呢？父王也是被峰麟選中才成為王，照理說，並不是一開始就是壞人……但是，如果周圍的人沒有在該提出諫言的時候勸諫，王就很容易失道……」

鈴注視著祥瓊痛苦的表情，在她的臉上似乎看到了另一個人。

——她是傀儡。

「……原來是這樣……」

「嗯？」祥瓊偏著頭問，鈴探出身體說：

「也曾經有人對我說過相同的話，她說只是她聽到的傳聞。她說官吏不相信景王，不讓景王做任何事，所以只能默默聽命於官吏……」

「被我猜到了——」

「——妳覺得真是這樣？」

「聽說目前朝廷的官吏幾乎都是予王時代留下的，所以不難猜出是怎樣的官吏，當初不就是他們讓予王失道嗎？」

「但是，景王革了麥州侯的職。麥州侯深受百姓的愛戴。」

「這種事，」祥瓊說：「根本是奸臣常做的事。對呀峰和昇紘這種豺虎來說，受百姓愛戴的人不是很礙眼嗎？呀峰和昇紘絕對會閉著眼睛捏造罪行。」

「但是……」

「聽說瑛州有一個閭胥叫遠甫，其人知書達理，德高望重，遠甫所在的里家被人攻擊，殺了一個女孩子，把遠甫擄走了。聽說曾經有人在里家周圍打轉，那些人來自拓峰，而且在遠甫遭到攻擊那天，拓峰的城門在關門後又打開了。」

「這……怎麼可能？」

很少人有權力能夠在城門關閉後再讓其打開，幾乎屈指可數。

「該不會是昇紘？」

「他完全有可能做這種事，所以，景王周圍的人也可以臉不紅，氣不喘地陷害麥侯。」

祥瓊看著鈴的眼睛，看到她的眼中流出的淚水，忍不住注視著。

「……景王……是好人……嗎？」

「這只是……我一廂情願的想法。妳不喜歡聽到別人這麼說嗎？」

「不是，」鈴搖著頭，「如果是這樣，我很高興……」

「鈴？」

「我一直想見景王，我相信她是好人。從才國來這裡的船上，我遇見了清秀，清秀生了病，我很擔心他，所以叫他和我一起去堯天……」

鈴叫「清秀」這個名字時的聲音痛苦得令人難過。

「但是，昇紘殺了他……袒護和放過那種豺虎的人，即使我們去了堯天，她也不會願意幫清秀治病。既然這樣……我為什麼要帶清秀去拓峰？只是為了讓他去送死嗎？」

「鈴……」

祥瓊握著鈴的手。

「清秀好可憐。」

「嗯……」
「……如果你們去了堯天，景王一定會幫助你們……」
「……嗯……」
鈴泣不成聲，祥瓊撫摸著她的背。鈴發出像小孩子般的哭聲讓她心痛。
——如此巨大。
她很想告訴堯天的景王。祥瓊並不知道景王會不會治好清秀。但是，她想要告訴景王。
——妳是百姓所有的希望，妳帶給百姓如此巨大的希望。

第十六章

1

「……妳直接回拓峰嗎？」

祥瓊握住馬的轡繩，問同樣拉著三騅轡繩的鈴。

「嗯。」鈴的回答很簡短。

「希望可以再見面。」

鈴再度點頭做為回答。

「妳……」

祥瓊原本差一點想問鈴，妳住在哪裡，但最後還是把話吞了下去。她們聊了很多事，有些事被桓魋聽到了，也許會對她皺眉頭，但祥瓊和鈴知道什麼該說，什麼不該說。

「真的希望可以再見面……」

鈴哭喪著臉說，祥瓊用力點頭。

「只要慶國安定下來，一定可以見面。」

「嗯……」

「後會有期。」她們相互移開了視線，騎上了各自的坐騎，默默離開了豐鶴，說了聲「再見」，在幹道上各奔東西。

騎了一天的馬，祥瓊終於在傍晚之前到了明郭，她裹了一塊擋風的布巾走進城門，眼下似乎已經沒有再繼續搜尋向刑吏丟石頭的女孩，但還是必須小心謹慎，門卒抬頭瞥了祥瓊一眼，毫無興趣地移開了視線。

在明郭——不，在從明郭分裂出來的北郭和東郭，雖然很少有人向刑吏丟石頭，但罪犯並不少，不可能一直花時間搜尋祥瓊的下落。

商隊的貨物出現在窮困的難民、窮人聚集的地方，窮人怎麼可能不受到誘惑？飢寒交迫的窮人無米下鍋，走投無路，只能攻擊載了穀物的貨車。所幸聽說這種人並沒有被刑吏抓到大路上行刑，但又聽說其實他們早就被抓到了。

祥瓊聽傭兵說，這些草寇即使被抓到，只要交出搶來的物品，就可以獲得釋放。

窮人成群結隊搶劫貨物，他們知道即使被抓，也不會受到處罰，最壞的情況，就是好不容易搶到的貨物被沒收，但只要幸運沒有被抓到，就可以暫時解決眼前的饑荒問題。雖然商隊雇用了傭兵保護，但並不是所有的貨物都有護衛，所以經常發生民眾因為窮困而發生搶劫的現象。

——用這種方式巧妙地培養草寇。

桓魋這麼說。用這種方式培養草寇，只要這些草寇被捕，州庫就會有物資進帳，這些物資絕對不會物歸原主，和州就是因為這個原因日益富裕。

商人明知道這些事，仍然不得不經過明郭。小商人都結伴而行，集資雇用傭兵，有時候甚至花錢請州師保護，但如果運送的物資搶手，傭兵可能監守自盜，事實上，這種事件的確頻繁發生。

近郊的人都相信只要小有武藝就不愁吃穿，所以不斷發生流血衝突。

祥瓊嘆了一口氣，翻身下了馬，走進城門內。

走進廳堂，發現桓魋和幾個男人正在談話。桓魋看到祥瓊，立刻向其他男人揮了手。他們起身走去廂房。

「妳回來了，怎麼去了那麼久？」

「因為另一批貨遲遲沒到。」

祥瓊簡單地說明了情況，把鈴經由勞先生轉交的錢遞給了桓魋。

「真不好意思——勞有沒有告訴妳，他搬去豐鶴的原因？」

「關於這件事——」

祥瓊皺起了眉頭，桓魋交代她要問這件事，她也瞭解了大致的情況。

「怎麼了？」

「聽說有一個年輕女孩去勞先生位在北韋的家探頭探腦。」

「——只因為這個原因？」

「那時候，他剛好和拓峰的人見面，之後那個女孩又去拓峰那個人的家裡，拓峰的人提醒他，最好趕快搬家。」

祥瓊說完從勞先生口中聽說的內容，偏著頭問：

「勞先生到底是什麼人？」

「算是俠客吧——是柴望大人的朋友。」

「柴望是什麼人？他雇用你嗎？」

「那倒不是，姑且算是以前曾經照顧我的人。」

「柴望曾經照顧你嗎？還是柴望上面的人？」

桓魋微微睜大眼睛苦笑著，指了指旁邊的椅子問：

「柴望大人上面的人是什麼意思？」

「我只是有這樣的感覺。柴望——大人好像只是奉命行事。」

柴望說話的態度讓祥瓊有這樣的感覺，他似乎是受人之託，向桓魋傳達指示。柴望雖然並不相信景王，但指揮柴望的人相信景王。

桓魋聽了，再度露出了苦笑。

「原來是這樣……女人的直覺真不容小覷。」

「果然是這樣嗎？」

「差不多吧，只是並沒有受雇於任何人，那位人士有恩於柴望大人，那位人士和柴望大人都有恩於我，我們都認為必須解決和州的問題，那位人士的確透過柴望大人拿錢給我，但那只是軍資。」

「所以，柴望大人上面那個人是實質的頭目嗎？該不會是那個叫遠甫的人？」

桓魋輕輕笑了笑。

「我不認識那個叫遠甫的人——妳不要再問了，我無法說更多了。」

「是喔。」祥瓊沒有再追問。

「有在野人士傳播正道，努力藉由傳達思想，貫徹天下的正道。雖然我不是很清楚，但遠甫應該就是這種人——有人試圖藉由採取行動貫徹正道，有像我這種要槍弄刀的人，也有像勞先生那樣藉由仲介物資，支持我們的人，在這個國家，有很多人為慶國擔憂，我們並不孤獨——就是這麼一回事。」

「……喔……是。」

「我們想要對付呀峰，拓峰也有人想要對付昇紘——看來拓峰並不是只有忍氣吞聲的人。」

「我見到了從拓峰來的人，她把冬器帶回拓峰了。」

桓魋微微皺著眉頭。

「既然在收集冬器，代表他們快要採取行動了。」

「——是嗎……？」

祥瓊說話變得小聲，不知道鈴會不會出事。

「勞先生是柴望大人的舊識——不，應該是上面那位人士的舊識，西邊的麥州有一個名叫松塾的地方。」

「——塾？就是像少塾那樣？」

想要繼續升學，需要自學各方面的知識，有時候會向有識之士求教，也有些有識之士會開學塾授課。

「松塾是不收學費的義塾，傳授的不是知識，而是道理。我記得勞先生也讀過那個松塾，松塾並不是學塾，所以有各式各樣的人，去松塾的人未必會成為官吏，相反地，當國家失道時，松塾就會培養出很多俠客。」

「是喔……」

「我記得柴望大人和上面那位人士都曾經讀過松塾，可能因為這樣的關係才會認識吧，因為松塾是慶國有名的義塾，很多人都讀過——但現在已經沒有了。」

「沒有了？松塾嗎？」

「前年被一群無賴放火燒了，整棟房子連同老師都被燒死了，帶頭的首領是流浪到此的遊民，快被抓到時就被殺了，八成是有幕後黑手，所以遭到殺人滅口，只不過並不知道那隻黑手是誰。」

「為什麼？」

「因為有人並不喜歡在野人士說道，一旦國家開始荒廢，就會盯上義塾這種地方。」

「是嗎？」祥瓊垂下了眼睛。

「松塾位在麥州產縣的支松，那裡以前叫支錦，幾百年前，那裡出了一個名叫老松的飛仙，積德後昇了仙，然後四處說道，是傳說中的飛仙，但並沒有人知道是否真的有老松。產縣原本就是知名的官吏和俠客輩出的地方，產縣的人也對自己的家鄉感到驕傲，當國家推動愚昧的政策時，產縣的人就會率先撻伐——松塾成為這些撻伐的中心，所以才會遭到痛恨。」

「麥州侯該不會也是產縣人？」

桓魋驚訝地睜大眼睛。

「麥侯？不知道，為什麼突然問他？」

「因為在勞先生那裡見到的人提到，聽說麥侯深受百姓愛戴，卻被革職了。」

「原來是這樣，」桓魋苦笑說：「州侯並不一定是那個州出生的，我記得呀峰好像是麥州出生的。」

「——呀峰嗎？」

桓魋露出傷神的表情笑了笑說：

「無論什麼地方，都會有賢士，也會有蠢人。」

2

「——來了。」

拓峰一家冷清的妓樓內響起了歡呼聲。鈴順利把貨物帶了回來，大家都紛紛上前道謝鼓勵。

他們從打開的貨物中拿出了大小不一的冬器，這是從各國冬官府收購來的昂貴武器，如果只買一、兩件還不至於有太大問題，一旦超過十件，架戟必定會懷疑是否企圖謀反。如果沒有特殊的管道，收集大量冬器簡直是不可能的事。

「刀劍三十把，再加上以前收集的二十支槍戟，弓三十把，箭千發——這就是我們所有的裝備。」

虎嘯說完，看著在大廳聚集的人，「我們總共有千人，只有八十把冬器的確很不夠用，但是，這已經盡了最大的努力，請各位見諒。」

大廳中鴉雀無聲，沒有人說話。

「我也知道想要討伐鄉長，只有千人太不自量力，但接下來只能希望止水的百姓一呼百應。」

「不用擔心，」有人叫道：「只要把昇紘斬首示眾，因為害怕昇紘而放棄的人，也會發現不應該這麼快就放棄——一定可以勝利。」

鈴在大廳的角落微微發抖。因為那個男人說話的語氣，好像在為大家壯膽。她看向身旁的夕暉，夕暉也似乎壓抑著某種情緒。

鈴之前一直隱約覺得虎嘯一定可以成功，但不知道虎嘯和其他人完全不認為自己沒問題。

「夕暉——」

鈴在離開大廳的人群中尋找夕暉的身影，然後拉著他的手，來到已經蒙上一層厚實灰塵的客房內。

「……虎嘯能夠成功嗎？」

「不知道，」夕暉靠在牆上，「現在只能這麼相信了。」

「一千人也不夠嗎？」

「如果只是討伐昇紘，已經綽綽有餘，他家的警衛有百人，平時出門只帶五十人左右。」

鈴鬆了一口氣，「所以應該沒問題吧？」

「問題在於之後。」

「之後？」

「如果討伐鄉長之後事情就落幕，只要挑選二十名武藝精良的人就夠了。如果目的只是殺了昇紘，發洩心頭的恨，然後逃走的話，根本不需要太多人。」

「……不是這樣而已嗎？」

夕暉噗哧一聲笑了起來。

「這是犯罪啊。」

「喔……」

「如果暗殺昇紘後逃之夭夭，會給所有拓峰的人帶來麻煩。鄉府的人不可能不找殺害昇紘的凶手，因為這是他們立功升官的大好機會。在昇紘手下吃香喝辣的人，早就已經學會了昇紘那一套。他們一定會拷問拓峰所有的人，努力找到凶手——所以，我們不可能在討伐之後銷聲匿跡。」

「但是，既然這樣……」

「所以必須讓他們知道是誰討伐了昇紘，為什麼討伐他，在對抗前來報復的人的同時，漸漸逃去外州。」

「這樣的話，一千人還太少嗎？」

「簡直少得可笑，有三旅一千五百人的州師駐紮在拓峰，可以稱為鄉師的師士有一千，護衛也有五百。」

「這麼多……」

「他們都是作戰高手，但我們大部分人平時甚至沒有拿過劍，而且，如果戰線拉長，一定會有州師從明郭來這裡支持。光是駐紮在可以在數天之內趕到的範圍內的州師，應該也有三千左右，最後很可能州師四軍全數趕來這裡。」

「這樣啊……」

「如果拓峰的百姓沒有積極響應，一起對抗他們，我們恐怕會全數遭到殲滅。」

「這太魯莽了……為什麼？」

「我們是高舉叛旗，並不是想要暗殺昇紘，討伐昇紘並不是我們的最終目的，之後的事，就要看拓峰百姓的勇氣了。」

「但是——」

「除此以外，並沒有其他的方法，我們要讓上面那些人知道，既然無法原諒像昇紘那樣的官吏，就要揭起叛旗，昇紘這樣的官吏無法治理百姓。」

鈴咬著嘴脣。

「……是啊。」

「妳可以先逃走。」

鈴搖了搖頭說：「我才不會逃。」

3

陽子在拓峰的街頭仔細尋找。鈴帶著那匹三騅是最大的線索，但因為並不是很出名的騎獸，所以，無論四處打聽的她，還是被問到的人，都不太清楚三騅到底是怎樣的動物。

她命令班渠尋找三騅，但在這麼大的地方，當然不可能輕易找到。

虎嘯、夕暉和鈴——目前只知道這三個人的名字。

是否還有其他線索？即使向虎嘯那家旅店周圍的人打聽，也沒有人知道他們的去向，而且其中有幾個人明顯知道內情，卻刻意隱瞞。

曾經有小孩在街頭被輾死，肇事的朱軒揚長而去，人們默默旁觀。這裡到處可以看到這種景象。陽子在街頭打聽時，很多人都問她，到底為什麼要找人，當她提到里家的襲擊事件時，人們只是口頭表示同情而已，既沒有人真心感到難過，也沒有人願意協助陽子，甚至有人忠告她，最好不要和這些事扯上關係。

——這裡到底是怎麼回事？

她一路這麼想著，走進了旅店的大門。

「對不起，我想打聽一下。」

陽子打了招呼後，問旅店的人是否認識名叫虎嘯的男人，是否有像是虎嘯、夕暉和鈴的三個人住在旅店。因為陽子認為也許同樣開旅店的人會知道他們的下落，或是既然他們離開了自家的旅店，可能投宿在其他地方，但那只是她的猜想而已，因為她也想到，虎嘯等人可能離開了拓峰，逃去了其他地方。

「……不太清楚。」

旅店的人態度很冷漠。

「是嗎……？謝謝。」

陽子道謝後離開，站在旅店門口片刻。陽子和旅店老闆說話時，隱形的班渠正在調查旅店內是否有騎獸。

「沒有。」輕微的聲音回報，陽子獨自點著頭，正打算去另一家旅店，背後有人問她。

「妳在找人嗎？」

回頭一看，一個看起來很凶的男人從旅店內走出來。

「對，你認不認識名叫虎嘯的人？」

「虎嘯嗎？」

男人說完，向陽子招了招手，示意她走去旅店旁的小巷，陽子不發一語地跟著他走了進去。

「虎嘯怎麼了嗎？」

「固繼的里家遭到襲擊，我猜想他和凶手有關，所以正在找他。如果你知道他的下落，是否可以告訴我？」

男人靠在牆上問：

「妳有證據嗎？」

「正因為沒有證據，所以才要找他問清楚。」

「是喔。」男人說完，看著陽子的腰，「妳帶著劍嗎？……妳會用嗎？」

「這是防身用的。」

「是嗎？」男人站直了身體，「我不記得有什麼叫虎嘯的人，但是，如果他是凶手，早就離開了這裡。如果是我，應該會逃去雁國。」

陽子抬頭看著男人的臉。

——他一定知道某些事。

「……是嗎？」

「當然啊，況且，妳根本沒有證據就四處找他，似乎不太妥當吧。搞不好虎嘯根本不是凶手，況且……」

男人抓著脖子，陽子看著他粗大的手，忍不住瞇起眼睛。

「妳這樣四處打聽，搞不好真正的凶手就在旁邊……這不是很危險嗎？」

——戒指。

陽子感到奇怪。因為這個男人實在不像是會戴戒指的人——她之前也曾經有過相同的困惑。

「這種事，就交給上面處理，聽我的話，絕對不會錯。」

是虎嘯。陽子想起來了。虎嘯也戴著相同的戒指。制止虎嘯的少年，以及——她想起來了——端熱水給她喝的鈴的手上，也戴著戒指。

「不好意思，占用了妳的時間。」

男人輕輕舉起手，準備轉身離開，陽子走上前去。男人納悶地看著她，陽子一把抓住他的胸口，把他推向牆壁。

「……妳！」

把男人推到牆邊後，抓住他的脖子，從背後用肩膀把他撞向牆壁，然後用肩膀壓住他的背，把劍抵在怒罵的男人脖子上。

「——要不要我告訴你，我會不會用劍？」

「妳……」

「……你手上的戒指哪裡來的？」

男人扭著身體，試圖把陽子推開，陽子更用力抵住了他的脖子。劍尖輕輕刺入他的皮膚。

「我勸你不要亂動，否則會受傷。」

陽子可以感受到男人用力嚥著口水。男人頭頂上那片滿是汙漬的牆上出現了一頭紅色的妖獸，從牆壁伸出的前肢伸向男人的頭頂——男人的臉貼著牆壁，斜眼看著陽子，當然沒有發現頭頂上的妖獸。

「——你是不是認識虎嘯？」

「我不認識……」

「你別說謊……我勸你在我手臂累了，手發抖之前說實話。」

「——我不認識！」

「我只是想和他見面後問清楚，如果你堅持隱瞞，就把你和虎嘯都視為殺人凶手。」

「簡直胡說八道……」

「我快沒耐心了——快說！」

男人停頓了片刻。

「……虎嘯不是這種人。」

「我要見到他，和他直接談之後才相信。」

「他絕對不是……妳要相信我。」

「帶我去找虎嘯，我才願意相信你。」

「好吧。」男人呻吟道，他頭上的前肢也立刻消失了。陽子把劍收了起來，看到男人不再抵抗，便把他鬆開。

男人扶著牆壁，甩了甩頭，用戴著戒指的手擦了擦脖子，然後低頭看自己的手，皺起了眉頭。

「……真受不了妳，有必要真的動手嗎？」

「請你遵守約定，如果你敢輕舉妄動，下次手下就不會留情了。」

4

男人帶陽子來到位在西南角落一間破落的旅店，發黑的牆壁上塗著已經褪色、而且幾乎都剝落的碧色塗料，那是妓樓獨特的風格，很少有其他建築物塗這種藍中帶綠的顏色。

「……真的是這裡嗎？」

「廢話少說，只要妳見到虎嘯就知道了，所以我才帶妳來這裡，少懷疑我。」

男人說完，走進了妓樓。一進門就是一個狹小的飯堂，那裡幾乎沒有人。這時，一個老人慌慌張張從裡面走出來。陽子跟在男人身後，背靠著，看著男人和出來迎接的老人簡短地交談。

老人再度走去裡面，之前見過的那個高大男人從裡面走了出來。

「——妳就是上次那個女孩。」

「……你是虎嘯嗎？」

「是啊。」男人點著頭，用下巴指向飯堂說：「坐吧，只不過在這裡吃飯不便宜。」

「我來這裡，是有事想要問你。」

陽子遲疑了一下，看到兩、三個男人從裡面走出來，但看起來不像會立刻攻擊自己，於是點了點頭，順從地在其中一張椅子上坐了下來。

「你之前是不是去過北韋？」

虎嘯也在對面的椅子上坐了下來。

「去過——那天我剛好從朋友家出來。」

「但你上次可沒這麼說。」

「我有難言之隱，這次對妳說了實話，妳就別再計較了。」

「之前有可疑的男人來過里家，當時是勞先生帶他來的。」

「里家？」

虎嘯納悶地問，男人和老人似乎沒有向他提這件事。

「是固繼的里家，我目前在那裡叨擾。」

「勞先生仲介很多事，然而通常很少仲介人，但如果只是跑腿，就不足為奇了。我和勞先生是舊識，但並不知道這件事。」

「襲擊之前，曾經有幾個男人去觀察里家的情況，然後回到了拓峰。」

「襲擊？固繼的里家遭到襲擊嗎？」

虎嘯顯得十分驚訝，陽子有點納悶，但還是對他點了點頭。虎嘯轉頭看向背後說：

「去叫鈴過來。」

「……陽子。」

鈴走出來時，一看到陽子，立刻瞪大了眼睛。陽子還來不及對她說話，虎嘯就開了口。

「鈴，妳在豐鶴不是聽說有人被綁架了嗎？」

鈴點點頭。

「聽說瑛州的某個里家遭到攻擊，那裡的閭胥被擄走了……」

「地名是哪裡？被綁架的閭胥叫什麼名字？」

「我沒問是在哪裡，被綁走的人叫什麼，我聽說了，但忘記了。」

「遠甫。」

陽子插嘴說，鈴用力點著頭。

「啊，沒錯，叫遠甫。」

虎嘯回頭看著陽子問：

「遠甫被綁架了嗎？真的嗎？」

「你認識遠甫嗎？」

「我弟弟曾經多次去向他請益，我也曾經去過一次──那也是勞先生介紹的，說他認識一個很了不起的人，希望我弟弟去見他。」

「弟弟……？就是上次那個男孩？差不多十四歲左右？」

「他叫夕暉，就是他──不知道遠甫的下落嗎？里家有沒有人受傷？」

陽子嘆了一口氣。虎嘯似乎真的很驚訝──既然這樣，陽子尋找凶手的所有線索都斷了──

「……死了一個女孩。」

「該不會是叫蘭玉的女孩？」

陽子點點頭說：

「……之前曾經有可疑的男人在里家周圍打轉，我以為所有的證據都顯示是你，而且，在里家遭到襲擊後，你又搬離了旅店……」

「那是因為妳去那裡啊。」

虎嘯苦笑著說：

「我也有難言之隱，不方便昭告大眾的事，不想要被人刺探，而且有人竟然上門了兩次，情況似乎不太妙，所以才會搬離那裡。」
「那天你去了哪裡？」
「鄰居家。妳是問里家遭到攻擊的那天嗎？」
陽子點了點頭。
「應該是那天下午或是傍晚，剛好是我和鈴說話的時候，或是在那之後。」
「妳來旅店時，我已經回來了，在妳和鈴說話的時候回來的。」
「啊？」陽子看著虎嘯。
「妳們不是在聊麥州侯的事嗎？我覺得妳很可疑，所以就在廚房觀察妳。」
虎嘯苦笑著說。
「……是昇紘。」
聽到低沉的聲音，陽子回頭看著鈴。
「那天，在拓峰城門關閉之後，有馬車回城，然後打開城門進來了。」
「原來是這樣。」這時，背後傳來一個小聲說話的聲音，回頭一看，夕暉站在那裡。
「你……」
「妳有沒有想過遠甫為什麼會遭到襲擊？」
「沒有。」陽子老實回答。
「那妳知道遠甫是怎樣的人嗎？」

「我只知道他以前是麥州的人。」

「嗯，」夕暉點了點頭，「他和麥州的松塾有關。雖然他不是教師，但聽說他是教師的顧問，但其他情況我就不知道了。」

「松塾……」

「是民間教導正道的義塾，在麥州產縣，是非常有名的義塾，前年那裡被人放火燒掉了。不光房子被燒，老師也都被燒死了，但有幾個人倖存。勞先生也曾經讀過松塾，所以我相信他和松塾有關。」

「難怪經常有很多人去找遠甫……」

「八成是。勞先生關照我不要告訴別人，因為至今仍然有人在追殺與松塾相關的人。」

「追殺？為什麼？」

夕暉很堅定地回道：

「因為對那些自私自利，不走正道的人來說，松塾相關的人很礙眼。」

「怎麼會……」

「不能讓百姓知道什麼是正道，當然也不能讓瞭解正道的人當上官吏。因為只有當所有官吏都是道德淪喪的人，他們才不會被排除在權力之外。」

「但是……」

「聽說麥侯以前也曾經讀過松塾，因為有人覺得麥侯很礙眼，所以想要革他的職，那些投靠偽王的人想要對不願跟從偽王的麥侯不利。因為如果麥侯的行為是正確的，那些投靠偽王的人就會喪失權力，所以才會在景王面前說一些莫須有的事陷害麥侯。由此可見，有些人真的會感到害怕。」

「原來是這樣。」陽子摸著額頭。

「勞先生說，攻擊松塾一事是止水鄉府夏官的小司馬指使的。」

「什麼？」

「因為他口風很緊，即使我問他詳情，他也沒有多透露什麼，所以我只是這麼聽說而已。我記得放火燒松塾的是一群經常在拓峰出沒的遊民，現在的小司馬在松塾被燒之後，從原本的遊民被拔擢為夏官，而且縱火的人認識小司馬。」

「……該不會是昇紘？」

夕暉點了點頭。

「如果小司馬是幕後黑手，應該就是昇紘指使的。只不過我並不知道昇紘為什麼這麼恨麥州的義塾——昇紘如果知道北韋有和松塾相關的人，一定會去殺人。他就是這種人。」

陽子注視著淡然地說著這些事的少年。

「所以……遠甫在拓峰嗎？」

「可能性很高——至於生死，就不得而知了。」

陽子站了起來。

「喂，妳要幹什麼？」

聽到虎嘯的問話，陽子停下腳步。

「我要去救人。」

「——別亂來！」

「我必須去救他。」

遠甫對陽子有恩，而且陽子也很尊敬他，更何況蘭玉死了，桂桂也生死不明，所以無論如何都要救遠甫。

「——等一下。」

虎嘯抓住了陽子的手臂，陽子甩開了他的手，推開擋在她面前的夕暉肩膀。

「陽子，妳等一下！」

聽到鈴的叫聲，陽子才終於停下腳步。

「——昇紘有很多護衛，而且當時馬車只是回到拓峰，並不知道到底去了哪裡，有太多地方可以關昇紘綁架回來的那個人，所以不要輕舉妄動。」

「但是……」陽子反駁道，虎嘯再度抓住了她的手臂。

「我的夥伴隨時在監視昇紘，他們應該知道那輛馬車去了哪裡。」

陽子皺著眉頭。

「夥伴？」

「我們在監視昇紘，這三年來，一刻都沒有鬆懈，一直在監視他，沒有一天不知道他的行蹤。」

「虎嘯，你——」

陽子巡視著不知道什麼時候聚集在飯堂的十幾個人。

「你們——」

早該想到了。鈴怎麼可能不恨昇紘？

虎嘯輕輕拍了拍陽子的手臂。

「妳帶了很厲害的傢伙，有辦法砍仙嗎？要不要給妳一把可以砍仙的劍？」

陽子淡淡地笑了笑說：

「謝謝你的好意。」

虎嘯派去打聽的人在半夜回來了。

虎嘯看著聚集在大廳的人說：

「馬車直接進入了鄉城，大家都知道，昇紘這一陣子都窩在鄉城的官邸。」

陽子看到幾個人點著頭。

——這些人為了完成陽子做不到的事而聚集在此。

「雖然不知道他為什麼把遠甫帶回鄉城，但他做的八成不會是好事，如果遠甫還活著，希望可以把他救出來。」

其他人雖然沒有回答，但都用力表示同意。

「反正我們原本就打算在近日行動，所以明天、後天行動也沒有問題。」

虎嘯說完，巡視著聚集在大廳的人。

「怎麼樣？」

所有人都出聲表示贊同。

「好！」虎嘯點了點頭，「大家忍耐了三年，這次要終結昇紘的統治！」

第十七章

1

慶國國曆赤樂二年二月初凌晨，止水鄉鄉長昇紘的官邸之一遭到襲擊。襲擊的是二十多名止水鄉鄉民，從周圍的道路丟火把進入官邸，然後跳入圍牆，殺入官邸內，昇紘卻不在官邸。

刺客和邸內的護衛廝殺後，在邸內留下了「殊恩」二字，突破剛開啟的午門，隨即逃之夭夭。師士雖然立刻追擊，但超過半數刺客躲過追擊，逃去瑛州。

昇紘氏名為籍恩，「殊恩」也就是「誅恩」，代表誅殺昇紘之意。昇紘見後震怒，派兩百名師士追捕刺客，並從周圍的鄉領召回五百名師士，命令其守衛鄉城。

在師士回到拓峰之前，在官邸遭襲的當天晚上，鄉城內的義倉也遭襲擊。負責保護昇紘的師士和駐紮在拓峰的州師趕到之前，歹徒已經在義倉縱火後逃走，所幸順利將火勢撲滅，沒有造成義倉大火，但歹徒再度留下「殊恩」二字，逃往瑛州。突破午門的歹徒人數大約三十左右，有半數以上逃過追擊，越過州境。

顯然有人成群結黨試圖謀反，昇紘猜想歹徒會再度攻擊義倉，將州師和師士布置在義倉周圍，並在州境及幹道上配置了三百名師士，但接下來的兩天，完全沒有遭到襲擊。在昇紘開始鬆懈的第三天清晨，位在拓峰東側空地上的昇紘別墅遭到襲擊。襲擊人數有百餘人，當守在義倉周圍的州師和師士趕到時，雙方人馬在別墅內外僵持，陷入了膠著狀態。

「不知道會不會有問題……」

鈴從妓樓的窗戶看向卯門的方位，混亂的街道漸漸被暮色籠罩。

「有陽子在，不會有問題的。」

虎嘯向她保證，鈴找不到反駁的理由，只能不安地輕輕嘆了一口氣。

「我說要派兩百人，但陽子說，只要一百就夠了，代表她勝券在握。」

陽子說，如果他們答應不殺昇紘，只是活捉他，她只要一百人就可以完成任務。

「鈴，妳有時間為別人操心，不如擔心妳自己。」

正在拉弓的夕暉對她說，鈴回答說：「我沒問題，只有我能夠駕馭三騅。」

「鈴，夕暉就交給妳了。」

虎嘯說，鈴對他「嗯」了一聲，點了點頭。

「夕暉，你呢？弓箭沒問題嗎？」

「別擔心，雖然沒有很好，但也不會太差。」

夕暉露出複雜的笑容。

「妳知道在參加少學的考試時，除了成績以外，還很重視學生的品行，妳知道用什麼分法辨別學生的優劣嗎？」

「不知道，該不會是弓箭？」

「沒錯，是用射箭來決定，所以我之前拚命練習過。」

「是嗎……」

夕暉一定很想成為官吏，想要在這個國家成為人上人，首先要成為官吏，夕暉具備了成為官吏的資質，他的預測十分精準。

——首先，派二十個人挑釁昇紘。

二十人去昇紘位在內環途的官邸放火，不知道他們目前逃到哪裡了。然後，又派三十個人襲擊義倉。

義倉是儲存糧食的倉庫，以備農田歉收時之需，他提出要放火燒了義倉，可見他是個狠角色。

「我並不是真的想要燒掉義倉，而且萬一真的燒毀也並不可惜，反正昇紘也不可能把這些糧食拿出來給飢餓的百姓。」

夕暉說，如此一來，昇紘就會派人守住義倉。一旦襲擊義倉的人逃走，他必定勃然大怒，命令手下全力追捕。然後召回守在附近的師士，加強守護鄉城。事態的發展完全符合夕暉的預料。

「然後再襲擊位在空地上的別墅，這次派兩百個人，必須守在屋內，暫時拖住州師。」

因為之前那兩次攻擊的關係，昇紘必定會派師士守在和瑛州之間的州境。之前分別只有二、三十人，這次出現了兩百多名叛亂的民眾，他必定認為叛軍已經全體出動。遭到挑釁而盛怒的昇紘很可能把鄉城內所有的兵力都派去別墅。
事實上，昇紘派了兩旅州師和半數師士包圍了別墅，並派了一旅州師前往封鎖幹道，只有五百名師士和五百名護衛留在拓峰，中午過後，又有半數被派往別墅，其他兵力都分散在監視市區、守衛鄉城和義倉。
虎嘯豎起大刀，用刀桿敲在地上，長柄前端的刀刃發出白光。
「目前留在鄉城的笨蛋只有兩百多人。」
說完，他回頭看著鈴。
「小心弩弓，站在燈火旁，容易成為目標。」
鈴抱著短劍點了點頭，有八百多名有志之士將殺進鄉城，但並沒有盔甲。
「──那就出發吧。」
夜色已經籠罩窗外的天空。
幾個人目送鈴和其他人走出妓樓，他們和散落在街道上的數十人還要負責其他的工作。
「天黑了──」
陽子甩掉劍上的血滴，隔著樓門，仰望著天空。
昇紘這棟別墅的圍牆高得嚇人，完全反映了他的自尊心。他似乎以為不讓外面看到園林的樹木，就代表這棟房子固若金湯。

守在周圍的一百名義士幾乎都沒有任何傷亡，昇紘建造的牢固圍牆和視野良好的樓閣成為他們最好的保護。

「太陽下山了……他們會越過圍牆進來。」

陽子說，在一旁搭弩張弓的男人點了點頭。

「退到主樓，和主樓的人會合，再重新布陣。」

男人小心謹慎地觀察周圍後，退向主樓的方向，其他人也紛紛開始後退。

殿後的陽子在後退的同時小聲命令：

「班渠……」

「是。」班渠用很輕微的聲音回答。

「接下來就交給你們了。」

陽子向景麒借用了所有可以借用的使令——這是陽子唯一能做的事，雖然她並不希望引起紛爭，導致百姓犧牲。

「主上還是逃回宮城，派王師來對付。」

「……景麒做不到的事，我有辦法做到嗎？」

陽子請景麒撤換昇紘，如果做不到，就派瑛州師前來支援，但景麒無法做到。其他官吏想要知道撤換昇紘的理由，陽子寫了一份蓋有玉璽的書狀，託班渠帶回王宮，也無法奏效。最後只能要求借調瑛州師，但瑛州師拒絕出兵援助。

「反正沒有其他的方法，只能豁出去了，趁著夜色，盡可能減少敵人的人數。」

「可以這麼做嗎？」

陽子淡淡地露出苦笑說：

「我同意了。」

2

鄉城有四處城門，其中南門稱為正門或朱雀門，正門的門卒看到突然有數百名民眾出現在門闕前，個個大驚失色。看到他們手拿武器衝過壕溝，從門橋跑過來時，慌忙想要關閉城門——為了方便士兵和官吏進出，今天晚上原本並沒有關閉城門。

最前面騎著馬的民眾在城門關閉之前殺進城門，三兩下就打敗了門卒，敞開了原本準備關閉的城門，武裝的百姓衝上門闕上的箭樓。

昇紘為了虛榮而在箭樓上做了不必要的裝飾，而且建得很高，導致箭樓上的師士動彈不得。門闕高約九丈，以這種高度，如果沒有燈火，根本無法看到門下的人影。照理說，箭樓應該是具有瞭望作用的望樓，卻因為面向門外加了很多不必要的裝飾擋住了視野。雖然師士射弩射箭，只是不知道到底命中了多少。

射箭需要一點時間，師士還沒有射完第三箭，民眾已經衝了上來，他們不得不立刻投降。雖然急忙點起了篝火通報，但也在不知道是否發揮了作用之前被撲滅了。

幾個師士在步牆上奔跑，或是逃進城內，想要立刻通知散在各處的其他師士，但大部分師士都中了民眾的箭，無力地倒在地上。

在民眾衝進城門後，一旦開啟的城門再度關上。

「放下懸門！」

隨著吼聲，箭樓下方的滑輪開始滾動，城門內側的厚門沿著門道的溝滑落，發出巨大的聲音。看到懸門完全落入阻斷門道的深洞內，鈴也隨著人群，跑向隔開內城的中門。

跑了一小段距離來到中門前，中門已經關閉，再度聽到懸門放下的聲音。裡面的師士為了防衛，關上了門。中門是內城的入口，所以並不厚實，內城周圍的圍牆也比民房的圍牆稍微高一點、厚一點而已。但這裡的內城牆和城牆連成一體，而且中門也絲毫不比正門遜色，充分代表了昇紘的性格。

「──鈴！」

聽到虎嘯的聲音，鈴一回頭，向跑來的虎嘯伸出手。虎嘯抓住了她的手，跳上三騅後，三騅扭著身體想要把他甩下來，鈴立刻命令三騅跳躍。

三騅輕輕鬆鬆地越過城牆，三騅還沒有在步牆上落地，虎嘯已經跳了下來，鈴在步牆上將三騅調頭，再度跑回門外。她來回五次，將男人送上步牆，當她第六次回來時，中門的箭樓上傳來歡呼聲。

「太好了。」

虎嘯迎接了歡呼著從三騅背上跳下的男人。

「打開中門！鈴，讓所有人都進入內城！」

「好！」

鈴騎著三騅回到門前時，中門從內側打開。懸門在打開的中門內漸漸上升，一群師士從門內衝了出來。

「——夕暉，上來！」

鈴坐在三騅背上催促著夕暉，夕暉向中門內射了一箭，點頭向她跑來，抓住她伸出的手。鈴把他拉上三騅的背，三騅再度不滿地嘶叫著，鈴拍著牠的脖子安撫著。

「你很乖，不要鬧脾氣——夕暉，你有沒有受傷？」

「我沒事。」背後傳來聲音。

「鈴，聽到我叫的時候，妳身體向前傾，否則弓會撞到妳。」

「好。」

鈴說完，鞭策著三騅前進，穿越中門後，看到張開雙腿站在那裡的虎嘯輕輕舉起大刀。

「所有人進入後，關閉中門！殺進昇紘的老窩！」

回應的聲音震撼了整個門道。

高舉武器的民眾在步牆上奔跑，衝進設置在各處的敵樓。

鈴看到夥伴逐漸占領了城牆，打倒數名趕來的師士，跑向鄉府深處，前往位在最深處的昇紘官邸。

每次聽到夕暉說「跳起來」，鈴就讓三騅輕輕跳躍，看到了鄉城內慌亂的景象。有人衝進來，也有人逃走，兵荒馬亂。夕暉告訴她，之所有那麼多逃走的人，是因為他們在等待市街外的州師和師士趕來支援。

「——他們真的會趕來嗎？」

「當然會啊，但我們已經完全控制了城牆和城門，恐怕要費一番工夫才能夠攻進來，如果可以在此之前抓住昇紘，就可以大挫他們的士氣——鈴！」

夕暉慘叫一聲。鈴看著三騅落地的前方，忍不住倒吸了一口氣。兩名師士舉著斧頭等在那裡。三騅無法飛翔，她也來不及改變方向。

三騅會被砍——

她忍不住閉上眼睛，好不容易才沒有叫出聲音。

三騅發出嘶叫聲，接著是一陣衝擊，然後牠才落地，但三騅並沒有繼續下降。

「——陽子！」

聽到夕暉的聲音，鈴張開眼睛，發現兩名師士倒在地上。

「……妳救了……我們嗎？」

「只有一半，」陽子的聲音低沉而宏亮，「一半是三騅踢倒的——這頭騎獸很聰明。」

「——那裡的情況怎麼樣？」

夕暉的聲音中完全感受不到一絲安心。

「還在持續，但已經相當有利，所以我交給他們之後先過來了。」

「有利……？」

夕暉嘀咕道，陽子的聲音雖然低沉，卻很快活。

「趕來的州師兵力應該已經減少了一半。」

包圍昇紘別墅的兩旅千名州師和五百師士完全陷入了混亂，即使點起了篝火，周圍仍然籠罩在黑暗，有什麼東西在黑暗中蠢蠢欲動。

他們已經無暇顧及守在眼前主樓上的敵人。

黑暗中傳來慘叫聲，當他們慌忙趕到時，發現戰友倒在地上，大部分人的手腳都受重傷，躺在地上哀號著。

那些傷看起來不像是刀傷，而是像野獸咬傷或是爪子的抓痕，只是看不到對方的身影。有什麼東西在那裡——而且數量並不少——他們只知道這一點，所以，聽到戰友在黑暗中發出的腳步聲，也忍不住感到害怕。

一個人、兩個人開始後退。當他們發現剛才不斷飛來的箭突然停止時，才驚覺已經離主樓很遠，箭根本射不到這裡。雖然沒有聽到撤退的命令，但幾乎沒有士兵停在原處。這些士兵冷酷無比，很擅長欺壓弱小，正因為如此，更加無法承受對敵人的恐懼。

——鄉城遭到敵人的襲擊。

傳令兵就是在這種情況下趕到。

士兵都鬆了一口氣，旅帥也不例外。

「——發生什麼狀況？」

「數、數百名武裝民眾攻入鄉城。」

聽到傳令兵結結巴巴的報告，旅帥發出抽搐般的笑聲。

「原來這是陷阱——我們馬上趕回去。」

他大聲吼叫的聲音中似乎帶著一絲興奮。

「回鄉城！」

聽到旅帥的命令，士兵像潰堤般跑向卯門。穿越空地，快步跑向卯門的士兵人數減少了一半。

空地的黑暗中，只剩下士兵求救的聲音。

3

陽子和虎嘯一起前往鄉府的最深處，一路斬殺不時從轉角處發出怪叫聲衝出來的

護衛。陽子瞥向一旁的虎嘯。

虎嘯揮動大刀的動作很激烈，大刀是在長槍原本槍頭的部分裝上了厚實的彎刀，重量將近百斤。虎嘯揮動大刀，斬殺敵人的腕力令人讚嘆。

大刀砍向衝出來的敵人，將近百斤的重力隨之揮落，擊碎了敵人的骨頭。當大刀橫向掃過時，離心力可以將敵人身上的盔甲打出凹洞，然後他又用刀桿刺向背後的敵人。

虎嘯每次揮動大刀，四周就響起一片悽慘的叫聲。

「……好厲害。」

陽子忍不住小聲說道，虎嘯笑著回頭看著她說：

「妳果然不是等閒之輩。」

「沒你說的那麼了不起。」

「……妳年紀這麼輕，卻殺人不眨眼。」

虎嘯在走廊上奔跑，卻臉不紅，氣不喘。

「是啊。」

陽子苦笑著。她曾經和偽王作戰。打仗就是要殲滅敵人，陽子一旦退縮，支援她的人就會送命。她無法因為害怕自己的雙手沾到血而躲在保護自己的人背後。

——王位就是用鮮血換來的。

雁國的王曾經這麼說。

即使上天在不流血的情況下賜予王位，為了維持王位，就不得不流血。比方說，為了擊敗偽王軍，為了鎮壓內亂，為了處死罪人。

既然這樣，就不可以懦弱。

「——陽子！」

院子內傳來鈴的慘叫聲。她騎著三騅躍過房子，落在院子裡。

右側傳來殺氣。陽子壓下身體後，聽到了敵人盔甲發出的聲音。她閃過了掠過頭頂的斬擊，立刻站起身，伸出了劍。盔甲遇到這把可以刺穿任何頑強妖魔身體的利劍，根本不堪一擊。劍輕輕鬆鬆地刺進盔甲，陽子把劍收回，甩了一下，鮮血甩落，劍身上沒有留下任何血滴。

「這把劍真是嘆為觀止的寶物啊。」

聽到虎嘯這麼說，陽子輕輕苦笑了一下，腦海中聽到了無聲的聲音。

『班渠——』

陽子來不及聽牠報告說自己回來了，就立刻命令牠去找昇紘，多排除幾個敵人。

雖然沒有聽到任何應答，但陽子知道，班渠已經接到了自己的命令。

當鈴和其他人趕到內殿時，成為鄉長居殿的樓閣前已經變成了一片血海。鈴忍不住捂住了嘴，虎嘯立刻跑了過來。

「——這是怎麼回事？」

息。

「可能是內鬨。」

陽子跨過屍體，很乾脆地回答。雖然她喘著氣，但腳步很穩健。

虎嘯滿臉困惑，用不解的眼神看向屍體，然後躲在門旁。衝過來的人立刻沒了聲息。

虎嘯大刀一揮，厚實的門歪了，他又對著衝過來的人用力揮動大刀，把敵人打得落花流水。他用刀桿撞向大門，然後用力一踹，門就倒向內側。

「——衝吧！」

整棟建築物幾乎就像一座空城，沒有任何動靜，也感受不到人的氣息，只有不時看到幾具沒了氣息的屍體。民眾打開所有房間的門，確認建築物的藏身處，漸漸跑向深處，這時，從敞開的門內看到一個人影跑向房間的角落。

衝進房間的人忍不住停下了腳步。

鈴從三騅上跳下後，緊跟著陽子進來，這時也停了下來。

豪華的臥室內，有一個人彎著身體，想要躲進床榻下方。那個人身上蓋著布，整個人看起來就像是一團布。從床榻的形狀來看，那裡根本沒有空隙可以躲藏，就連小孩子也躲不進去，那個人卻把頭鑽進去，那團滾圓的布塊不停地顫抖著。

虎嘯最先採取了行動。他走上前去，伸手抓住了布，布塊下傳來一聲在喉嚨深處發出的慘叫。

那是一個肥頭大耳的男人，看不清楚年紀，但胖得不成人形。多年的飽餐讓他渾身堆滿了脂肪，看起來不像人類，而像是其他的動物。

虎嘯把布丟在一旁，肉堆中那雙好像小動物般的眼睛露出懼色，抬眼看著虎嘯。

「你是昇紘吧？」

虎嘯斷言道，男人尖聲叫著：「我不是，我不是昇紘。」

「拓峰不可能有人認錯你。」

民眾衝進房間包圍了他，站在人群中的鈴撫著自己的胸口。她感受著心跳加速，用力握住了短劍的柄。

——他就是昇紘。

她的手在發抖，無法將短劍從劍鞘中拔出來。

——他殺了清秀。

「鈴。」

陽子低聲喚道，鈴如夢初醒般地睜大眼睛，回頭一看，陽子正對著她搖頭，她輕輕拍了拍鈴的手臂後，穿越一群好像僵住般佇立在那裡的人群。

陽子也拍了拍虎嘯的背，然後蹲在那個男人面前。

「你是昇紘吧？」

「——不是！」

「遠甫在哪裡？」

「……遠甫？」

「只要遠甫還活著，我可以暫時饒你一命。」

男人戰戰兢兢，一雙小眼睛骨碌碌地轉動。

「如果你想死，我不會阻止你。」

陽子拿出劍，男人慌忙退到床榻前。

「真的嗎？妳真的會放過我嗎？」

「我答應你。」

陽子抬頭看著虎嘯，虎嘯猶豫不決地看了看昇紘，又看了看陽子，然後閉上眼睛，吐了一口氣。

「我們當初約好的，就交由妳決定吧。」

陽子輕輕點著頭，再度逼近昇紘面前。

「快說，遠甫在哪裡？」

「他……他不在這裡。」

「什麼？」

男人舉起顫抖的手，肥胖的指尖畫了一個變形的圓。

「在明郭，我不清楚狀況，只是奉和侯的命令行事，所以就送去明郭了。」

「——呀峰嗎？呀峰為什麼要綁架遠甫？」

「和侯叫我殺了他，說他是松塾的人，居然活到今天，雖然我派人襲擊他，但他沒死，那幾個笨蛋把他帶了回來，我向和侯報告，和侯要求把人送過去。」

「所以，他還活著？」

「我沒殺他……我發誓。」

陽子看向背後，低頭看著昇紘的每個人臉上都帶著極度複雜的表情。

「我知道你們內心的怨恨，請你們多忍耐……這個傢伙和呀峰沆瀣一氣，如果殺了他，讓呀峰逍遙法外就白忙一場了。」

昇紘是瞭解和州腐敗狀況的重要人物。

虎嘯身旁的男人仰天長嘆一聲，房間內立刻響起了罵聲。有人破口大罵，有人閉嘴忍著嗚咽。

當再度陷入沉默後，人群散去，一個一個垂頭喪氣地走出房間，虎嘯突然用大刀的刀桿敲在地上。

「——州師要來了！千萬不能大意！」

他振作了低迷的士氣，民眾再度找回了鬥志，每個人瞥了昇紘一眼，昂然地抬起頭，衝出房間。

鈴也瞪著昇紘片刻，眼前這個男人嚇得發抖，看起來就像弱智的人。

——雖然我痛恨他，但這是我的恨，並不是遭到殺害的清秀內心的恨意。如果清秀在臨終之前充滿恨意，無論陽子再怎麼勸阻，我也會殺了他。

「……你在拓峰殺了小孩子。」

渾身發抖的昇紘跳了起來。

鈴握緊拳頭，轉身準備離開。

「——我絕對不會忘了你。」

4

深夜趕到的士兵看到掛在城牆上的無數屍體，立刻喪失了鬥志。

「那是——」

旅帥身旁的隨從抬頭問道，旅帥在坐騎上點了點頭。

「城內已經被占領了。」

城牆內鴉雀無聲，鄉府有牢固的門闕，城牆又高又厚。當州師趕到時，城牆已經被叛亂的民眾占領，他們必須突破城牆的堅固防守——但是，即使強行突破，也已經沒有該保護的東西了。

「停止戰鬥，趕快撤退，即使攻堅也沒有意義。」

「但是，師士他們……」

旅帥在坐騎上看著那些全力衝向正門的師士。

「去告訴他們，昇紘已經被討伐了，即使不戰而退，也沒有人會處罰他們。」

旅帥心裡很清楚，師士的勇敢並非來自忠義，而是基於內心的恐懼。昇紘手下的人很清楚，只要能夠博取昇紘的歡心，就可以升官發財；只要稍微惹他不高興，就可能因為一些小事而被砍頭。

「撤退後重新調整陣容，在四門前布陣，天亮之前在那裡休息，等待明郭派援軍支援——叛民可能會在此之前逃走，有人從城內逃出，統統逮捕，如有抵抗，格殺勿論。」

鄉城內的師士不是已經倒下，就是繳械投降，城內的官吏也都紛紛投降，於是把他們統統關在一棟房子內，並把留在那裡的師士屍體掛在城牆外。

城外的州師已經撤退，在四門前布陣，顯然準備在天亮後進攻。

「不知道到時候會是怎樣的情況。」

虎嘯站在敵樓中巡視東方青龍門前。敵樓是設置在步牆上重要位置的小型石造建築物，在城牆內外突出的石壁上設有射擊窗。步牆的左右兩側建了厚牆，設置了沉重的樓門。戰鬥時，可以在這裡監視城牆內外，並向敵人射擊，或是關上樓門，阻隔步牆的通行。

「如果州師按兵不動，就只能突圍逃走了。」

夕暉說，從架著弩的射窗巡視著街道。

「很可能是這樣……外面太安靜了。」

雖然整個城鎮看起來好像陷入了沉睡，但應該沒有人睡得著。不安的民眾從四面八方而來，膽顫心驚地看著鄉城的樣子，然後回去報告。從掛在城牆外的屍體就知道，鄉城已經遭到控制，當他們知道之後，會採取什麼行動？

「有什麼打算？」

陽子問，夕暉輕輕搖頭。

「必須在天亮之前採取行動，天亮之後，對我們很不利。」

「不能把昇紘當作人質，請州師撤退嗎？」

「昇紘有成為人質的價值嗎？而且，如果其他百姓不響應，跟著我們採取行動就完蛋了。和瑛州的州境有一旅州師和將近五百名師士，如果拓峰沒有大亂，迫使他們趕回來支援，我們根本沒有退路。」

之前採取了聲東擊西的戰術，派了先發部隊逃往瑛州。雖然明知道這樣會導致敵人加強州境的防守，但如果不派人逃往瑛州，就會缺乏說服力，一旦發生叛亂，昇紘不可能放過逃往瑛州的路，所以乾脆讓敵方的兵力集結在州境，然後再調回拓峰。由於距離很近，所以大部分兵力可能都會調回來。

「我們不能逃往東邊，因為明郭的州師正趕來這裡。」

「北邊呢？」

越過北邊的山就是建州。

「只能三五成群地進入山裡，然後前往建州。繼續留在和州，很清楚會有怎樣的下場。但是，如果呀峰請建州侯追擊，我們也沒有活路了。當我們越過山時，這場騷動的消息也會傳到建州，可能我們一出山，就會遭到建州師的埋伏……」

「所以只能往瑛州。」

「嗯，」夕暉點著頭。

「只要繼續越過河，就是台輔的領地……只能賭一把了。」

夕暉用充滿期待的眼神望向街道，街道上一片寂靜。

有人敲門，門外傳來小聲說話的聲音。

——鄉城被攻下了。

每次聽到的回應都是驚愕聲，然後是一片沉默。

有人積極遊說，這是解放拓峰的大好機會。

「至今為止，有多少人被殺了？不如趁這個機會，讓上面的人知道，拓峰的百姓不是孬種，否則，即使推翻了昇紘，又會來一個新的昇紘。」

「下次的鄉長恐怕會比昇紘更加心狠手辣。」

「必須讓他們知道，昇紘沒有治理的能力。」

「必須讓他們知道，止水不能讓豺虎來治理。」

回應這些聲音的仍然是沉默，而且關門聲打斷了他們的遊說。

垂頭喪氣的人影落寞地走向西南街頭。

「……情況怎麼樣？」

「完了，拓峰都是一些不好種。」

「即使得知鄉城已經被攻下了，也沒有人感到高興，每個人都露出好像馬上會被送上絞頭臺的表情。」

「他們已經深刻體會到，無論發生任何事，都會帶來可怕的後果。」

「只要躲起來，就不會被弓箭射中嗎？他們以為這樣就可以撐過一輩子！」

「——不知道那些人接下來有什麼打算……」

夜晚的道路旁，交頭接耳的聲音戛然停止。

「我們去支援他們——」

「無論如何，都希望他們可以順利逃脫……」

夜空的顏色漸漸亮了。「完了。」有人低聲說道。

鈴回頭看著夕暉。鈴和其他人站在城門箭樓旁的步牆上。黑夜已經漸漸消失，即使沒有燈火，也可以看清人的臉。夕暉發現了鈴的視線，窘迫地笑了笑。

「繼續等在這裡也是浪費時間，天快亮了——趕快逃吧。」

步牆上籠罩在一片沉默中。虎嘯重重地吐了一口氣。

「這代表這裡就是這種地方——這下子我們永遠都無法再回來止水了，但至少已經推翻了昇紘，因為無論如何，他都必須為這場叛亂負責，就把這件事當作是我們的成果。」

所有人都發出失望的嘆息。

「夕暉，接下來要怎麼辦？」

「最低限度的必要物資已經從倉庫裡拿出來集中在一起，我們北上進入山裡。」

「要穿越建州嗎？」

「……這是唯一的方法，如果直接向西，就會在和埋伏的州師交戰時，被從明郭趕來的州師追上。」

「南下呢？」

「不行，因為距離太遠。如果州師騎馬追我們，在我們抵達他州之前就會被追上。如果不想和州師的騎兵比速度，只能往北走。」

他們根本無力對抗使用騎獸的空行師，夕暉說，只能安慰自己，州師的空行兵人數不多，而且很少輕易出動。

「我們要從沒有旅帥的北邊突圍，因為那裡的士氣應該比較低。」

目前包括受傷的人員在內，大約有七百人，連他們自己也對於能夠活下來感到驚訝——但是，因為沒有得到其他百姓的支援，所以虎嘯他們還是輸了，只能接受即將落敗而逃的現實。

可能大家都知道已經面臨這樣的結局，手拿武器的人都沮喪地低著頭。

「好吧，」虎嘯響亮的聲音語氣堅定，「雖然拓峰的人都是孬種，但還是有這麼多有膽識的人在這裡，也就是說，止水所有有膽識的人都在這裡。嗯，我們真厲害，竟然都集合在這裡了。」

沮喪的人群發出了笑聲。

「那我們再勇敢一次，一起逃出去！」

「好！」人們再度振作起來。

「太厲害了……」

鈴聽到小聲說話的聲音，轉頭看著站在她身旁的陽子，陽子對她笑了笑。

「虎嘯太厲害了，可以用一句話提振士氣。如果他在軍隊，一定可以成為出色的將領。」

「是嗎？」

「嗯。」陽子笑了起來。

——就在這時，頭頂上響起拍翅膀的聲音。

5

鈴抬頭看著頭頂，發現漸亮的夜空中出現了黑色的影子和巨大的翅膀。

「——鳥。」

「不，是天馬！」

人群散開，響起一陣嘈雜聲。

「空行師！」

「夕暉——！」

虎嘯大聲叫道，當鈴看向夕暉時，夕暉已經備妥了箭，箭射向黑色的影子，停頓了一秒，標槍朝著夕暉斜斜地射了下來。

「夕暉！」

慘叫聲交錯，鈴睜大了眼睛，虎嘯伸出手，陽子也伸出手。陽子將夕暉用力一推，虎嘯抓住了陽子推過來的身體，把夕暉拉向自己。標槍刺中夕暉前一刻在步牆上所站的位置，接著是一陣分不清是慘叫還是鬆了一口氣的聲音。

「趕快躲進箭樓！」

聽到虎嘯的聲音，人們立刻跑向箭樓。鈴握住三騅的轡繩，一根標槍貫穿了三騅的脖子，鈴尖叫起來，三騅倒地時，握住轡繩的她身體失去了重心，整個人都被甩了出去。鈴痛得倒抽了一口氣，虎嘯把她拉了起來，又有標槍射中她的腳邊。

「州師的戰力果然不同。」

虎嘯簡短地說完，把鈴推進旁邊的箭樓。

「快進去，夕暉就拜託了。」

鈴雖然點了點頭，但帶著絕望的心情抬頭看著頭頂。成群的騎獸在漸亮的天空中飛來飛去，無法計算正確的數字。從天而降的標槍和箭如雨般地射下，準確地射中了人，也許正是所謂的戰力。

「虎嘯，你也快進來。」

鈴抓住虎嘯的手臂。他們無法打落在空中飛行的騎獸，雖然背後的箭樓射出了箭，但除了弓箭以外，完全沒有任何方法可以對付來自空中的敵人。

「沒想到竟然會出動空行師──！」

「請你趕快進去！」

用渾身的力氣把他推進箭樓。在跑進厚實的樓門前，再度看著在天空中亂舞的騎獸群，大約有十五騎騎兵，但一騎騎兵相當於八名步兵，一騎空行騎兵可以匹敵二十多騎騎兵。

虎嘯簡短罵了一聲，衝進了箭樓。空虛的空間內只聽到懸門捲起的滑輪聲音，虎嘯穿越這片空間，繼續往上衝，衝上了正門上方最高的第三層樓。

「──鈴！」

鈴跟著虎嘯衝上最頂樓，立刻有人遞來一把弩，她慌忙接了過來，夕暉把箭丟了過來。

「上箭。」

鈴點點頭。用腳踩住弩前端的鐙，用盡全身的力氣把弦掛在牙上，把箭放進箭槽後交給夕暉，然後又撿起空的弩，再度上了箭，交給在女兒牆旁射空行騎兵的人。旁邊是拿著大型的弩——床子弩射向城門的人，隨著虎嘯一聲令下，有人搬著戰棚。

橫向細長的石建大廳朝向門內外的方向並沒有牆壁，只有柱子之間有女兒牆而已。為了避免影響射擊，他們用斧頭敲掉了漂亮的裝飾。戰棚架在屋簷和女兒牆之間四方形的開口處，從縫隙處巡視著下方昏暗的拓峰街道。天色微亮之後，可以隱約看到街頭的景象——眼前的狀況還不至於絕望，至少可以用弩弓狙擊敵人。雖然不知道是否能夠射中，但空行師因為他們射箭而遠離了箭樓，只能時進時退。

「可惡，速度實在太快了。」

虎嘯吼道。他無法射中空行騎兵。戰棚架好之後，無法看到外面的情況。

「完了，箭用完了！」

床子弩旁的男人慘叫著。用床子弩射出的箭和普通的箭不同，長度和重量可以和槍匹敵，一旦射中，甚至可以摧毀建築物——但是，現在箭已經用完了。

「還有弩，用弩和弓！沒有標槍了嗎？」

「——虎嘯！」

背後傳來慘叫聲，回頭一看，架在後方女兒牆上的戰棚被吹走了，木片四散，空洞外出現一匹紅銅色的馬。

「不要讓他們進來！」

因為攻擊都集中在前方，所以剛才疏忽了後方。一旦被敵人從後方趁虛而入就完蛋了。如果停止射擊，空行師很快就會降落。

夕暉最先向後方舉起弓，陽子拔劍衝了過去。騎獸的背上有兩個人影，其中一個人影拿著長槍跳了下來，越過女兒牆衝了進來。鈴看著那頭騎獸，發現是吉量，同時看到了吉量上的人影，立刻衝上前去。

「——夕暉、陽子，等一下！」

駕馭吉量的是一個年輕的女孩。

「——祥瓊！」

聽到鈴的聲音，正準備離去的吉量轉過頭。鬣髮被東方拂曉的光染成了紅色，鈴跑向女兒牆。

「喂！鈴——」

聽到虎嘯的聲音，鈴回頭說：

「不是敵人！是我在勞先生那裡遇見的人！」

鈴跑到戰棚被吹走的地方向外張望，一輛白色條紋的漂亮馬奔了過來，騎手微微探出身體。

「鈴！妳沒事吧？」

「祥瓊，妳怎麼會來這裡？」

吉量上的少女舉起手，筆直指向右方。

「——啊？」

鈴探出身體，朝她手指的東方看去，看到了青龍門和後方的大道。除了青龍門前布陣的州師，大路上有人群飛奔而來。

「——那是……」

祥瓊放下手後降落，從建築物的縫隙飛向北方。鈴目送她遠去，發現一個人影站在身旁，回頭一看，是從吉量上跳下來的男人。

「妳就是鈴嗎？」

「對。你是……」

男人輕輕一笑。

「我叫桓魋，是祥瓊的夥伴，這樣妳就瞭解了吧？」

鈴看向東方問：

「所以，那些是——」

虎嘯在鈴的身旁探出身體，看向東方，然後回頭看著桓魋問：

「都是你的夥伴嗎？」

「我們比州師搶先趕到，值得稱讚吧？」桓魋笑道：「總共有五千人。」

第十八章

1

止水鄉拓峰發生叛亂的傳聞，當天就傳到了和州州都明郭。

祥瓊在街上從夥伴口中聽說這件事後，匆匆買好了東西就趕回去。一走進正房，看到二十幾個男人聚集在那裡。

「——桓魋，你有沒有聽說？」

被一群人圍在中心的桓魋點了點頭。

「是不是拓峰的事？聽說有一群有膽識的人燒了昇紘的官邸。」

桓魋說完，輕輕笑了笑。

「殊恩這兩個字太妙了，拓峰的人真是聰明絕頂。」

「沒問題嗎？」

桓魋既沒有肯定，也沒有否定，陷入了沉思。

「聽說那些人已經逃走了，他們襲擊了官邸，在城門開啟前就逃離了拓峰，有一半人已經越過州境，逃去了瑛州，但問題是昇紘並不在鄉城內。」

「所以他們還沒有收拾昇紘。」

「很奇妙的是，拓峰有人想要對昇紘下手，而且還收集了冬器，想必是認真想要謀反，他們可能在沒有殺掉昇紘的情況下就逃走嗎？」

「……有道理。」

祥瓊點了點頭，收集了三十件冬器的人不可能只是為了做這點小事。

「是上次那些拓峰的人……還是完全是不同的人？」

「不知道。」桓魋說，「但如果是那些人幹的，昇紘可能會陷入苦戰。」

「喔？」

「因為那些人並沒有那麼笨。」

翌日，祥瓊正在廚房準備早餐，桓魋突然進來叫她集合。走去廳堂一看，發現柴望和許多傭兵都聚集在那裡。

到底發生了什麼事？她問旁邊的人，得知在等全員到齊，她靜靜等了一會兒，看到有三個看起來像商人的陌生人走了進來，然後關上了廳堂的門。

桓魋站了起來。

「今天清晨，收到了拓峰送來的青鳥——未明時分，拓峰的義倉遭到攻擊，有人在義倉放火後逃往瑛州，就是那些『殊恩』。」

一陣低聲議論，隨即停止了。

「拓峰的那些人很聰明，他們真的打算叛亂。」

「怎麼說——？」

祥瓊低聲問道，桓魋點了點頭。

「這代表昨天攻擊昇紘官邸的人並沒有失敗，先派二十人襲擊官邸，然後故意留下『殊恩』的文字逃往瑛州，之後又襲擊義倉，也是三十幾個人溜進鄉城，留下殊恩的文字後逃之夭夭，還是逃往瑛州。昇紘現在一定怒不可遏，因為他並不是能夠冷靜面對這種挑釁的人。」

「的確如此。」

「昇紘一定會命令駐紮軍和師士堅守州境，監視市民，無論如何都要把那些歹徒的同夥找出來，所以，目的很明顯，就是為了分散兵力。」

祥瓊無法理解，巡視廳堂內的人，有不少人和她一樣偏著頭納悶。

「鄉城內有三旅州師一千五百人，師士一千，射士五百，總計三千名兵力，如果沒有足夠的兵力正面迎戰，我也會這麼做，藉由挑釁昇紘，分散兵力，盡可能減少鄉城的警備。雖然不知道到底會派多少兵力追捕歹徒，也不知道有多少兵力負責州境的警備，但仍然有相當數量的兵力留在鄉城。昇紘也召回了配備在附近各縣的師士。」

「這麼一來，不是反而增加了兵力？」

「召回的兵力全部到齊需要兩、三天的時間，只要在兵力回去之前決戰就好，而且他們在拓峰以外設下陷阱，昇紘被他們的挑釁激怒，派出殘存的兵力後，他們一舉衝進鄉城。」

廳堂內一片寂靜。

「如果不是事先得知他們收集了大量冬器的消息，我可能也會上當——他們會在師士回去之前行動，我猜想會在三天之內。為了拖住州師，他們派了相當人數設置陷阱，應該可以拖不少時間，之後再用保留的兵力一舉攻下鄉城。」

祥瓊微微倒吸了一口氣。不知道鈴在幹什麼？不知道她在哪裡？發揮了什麼作用？她平安無事嗎？一切還好嗎？

「——但是，他們沒有料到一件事。」

聽到桓魋這麼說，祥瓊偏著頭。

「昇紘和呀峰狼狽為奸，如果只是普通的地方官吏，呀峰也不會派兵支援，州師也會姍姍來遲，更不可能派遣大軍。既然是招致民怨，引發百姓叛亂的官吏，根本不需要保護，但呀峰很清楚這一點，仍然放任他為非作歹，也就是說，昇紘是呀峰的爪牙，專門為呀峰做壞事。」

桓魋停頓了一下又說：

「也就是說，昇紘知道呀峰幹的很多壞事。一旦叛亂拖得太久，由國家出面平息，呀峰會很傷腦筋。萬一昇紘遭到逮捕、審問，他就會跟著完蛋。呀峰已經準備了大軍，將會不擇手段平息這場叛亂，既然這樣，必須分散三千兵力才能動手的拓峰那些人完全沒有勝算。」

廳堂內的氣氛開始動搖。

「——我們人支援『殊恩』那些人，」說完，桓魋笑了起來，「而且還要利用他們。」

「什麼意思？」有人問道，桓魋露出無邪的笑容。

「為了討伐殊恩黨，大部分州師都會在這一、兩天內前往拓峰，明郭就會唱空城計，我們怎麼可以放過這個天賜良機？」

「喔喔。」廳堂內響起歡呼聲。

桓魋叫了三個人。

「——我讓你們有機會洗刷之前的汙名，你們立刻帶領手下悄悄前往拓峰，一定要在州師之前抵達拓峰。」

汙名？祥瓊感到納悶，但那三個男人都很乾脆地回答：「是。」

桓魋回頭看著坐在供桌前的柴望。

「——現在要怎麼做？」

柴望想了一下，看著桓魋說：

「明郭交給我，你是不是很想去拓峰？」

桓魋苦笑著說：「被發現了嗎？」

「你喜歡那些人，但在開戰之前，先留在這裡，等一切準備就緒再去拓峰。我們的目的並不是討伐呀峰，而是讓主上瞭解和州有問題，不必非勝不可，其他就交給我吧。」

「謝謝。」

祥瓊立刻開了口：「我——也要去拓峰。」

「喔？」柴望看著祥瓊。
「我有朋友在拓峰，她是殊恩黨……讓我去吧。」
柴望點點頭。
「妳叫祥瓊吧？妳會駕馭騎獸嗎？」
「我會。」
「那妳和桓魋一起行動，去協助義勇的百姓。」
祥瓊深深地鞠躬。
「——謝謝！」

2

「到底——」
和五千名百姓一起從城外趕到的祥瓊說完這些事，虎嘯忍不住驚訝地問：
「明郭到底還有多少人？」
「差不多是派來這裡的一倍。」
平靜的箭樓內響起了歡呼聲。
桓魋和其他人在清晨趕到時，在四門前布陣的州師各剩下一百數十人，面對從四面八方湧入的無數群眾，他們只能乖乖投降。空行師也在兵力折損一半後撤退，灑滿陽光的鄉城內，歡呼聲此起彼落——但是，戰鬥並沒有結束，州師最晚會在後天抵達。

「不好意思，希望你們牽制州師，讓他們在拓峰停留三天。只要有三天，即使州師得知明郭發生叛變後立刻趕回去，勝負也已經定了。」

虎嘯仰望著天花板，重重地吐了一口氣。

「所謂天外有天，人上有人，沒想到有人想要收拾呀峰。」

「我們並不是想要推翻呀峰占領州城，只是想讓呀峰顏面失盡而已——倒是你們攻下鄉城，讓我們嚇了一跳。」

虎嘯放聲大笑起來。

「那不是我的功勞，是我的夥伴堅持不懈。」

祥瓊來到步牆上，鈴和兩、三個人一起，從那裡俯視著城內。

「……還好妳沒有受傷。」

聽到祥瓊的話，鈴轉過頭，瞇眼看著背後。

「陽子，她是——」

祥瓊順著鈴視線的方向看去，驚叫了起來。

「妳——」

對方也驚訝地睜大了眼睛，鈴目瞪口呆地看著前後兩個人。

「妳們認識？」

「嗯。」那個少女點著頭。

祥瓊開了口。

「她在明郭救了我——上次真的謝謝妳，沒想到會在這裡見到妳。」

「不客氣。」少女的回答很簡短。

「妳叫陽子嗎？上次來不及問妳的名字。」

「是喔。」鈴驚叫起來，「我太驚訝了。陽子，她是祥瓊。」

陽子嫣然而笑，祥瓊也對她露出了笑容，站在鈴的身旁。三個人站在一起，看著步牆下方。

「好壯觀……竟然有這麼多人。」

鈴小聲地說，祥瓊對她笑了笑。

「很驚訝嗎？」

「太驚訝了……不瞞妳說，原本我還以為要失敗了。」

「現在還言之過早，州師從幹道趕來了，明天或後天就會抵達，所以只有今天才能這麼清閒。」

「……嗯。」

「現在只是抓到昇紘而已吧？」

鈴點了點頭，看向身旁的人。

「因為陽子說不要殺他……殺了他，雖然可以讓我們解恨，但並沒有其他意義。雖然他心狠手辣，但應該受到審判……」

「是啊……」

鈴和祥瓊都沉默片刻，初春的暖陽照在步牆上，雖然吹來的風帶著血腥味，但鈴和祥瓊的嗅覺都已經麻痺了。

「……好清閒，一點都不真實。」

聽到鈴這麼說，祥瓊點了點頭。

「是啊——但整個城鎮有一種奇妙的感覺。」

雖然城內充滿活力，但街道上一片寂靜，街道上甚至沒有來往的行人，偶爾有零星人影出現時，也都快步穿越道路。

城門雖然關閉，但人員出入頻繁，只是不見市民跑來察看情況，遠遠看見幾個穿越大路的人，也只是斜眼瞄了幾眼，假裝沒有看到發生了什麼事。

「……大家都在屏息凝氣地等待接下來會發生的事。」

「屏息凝氣？」

「嗯，因為昇紘真的心狠手辣，大家都對他聞風喪膽——我們在街上還留了一些人。」

「嗯？」

「在我們抓到昇紘後，他們會在街上煽動，但是，沒有任何人響應。即使看到鄉城被攻打下來，這裡的百姓也不敢輕舉妄動，他們可能覺得萬一輕舉妄動，會有可怕的結果……」

「太過分了——」

「但是，」鈴扶著女兒牆，直起了身體，「我能夠理解。」

「拓峰百姓的心情嗎？」

「對。我來慶國之前，在某一個人的手下工作，那個人以欺人為樂，現在回想起來，覺得自己當初為什麼不向她抱怨，為什麼要做這種事，但當初覺得一旦惹主人不高興，就會挨罵、叫我去做苦工，所以害怕得不敢說，暗自忍耐著，結果就越來越害怕了。」

「是喔……」

「整天擔心會發生不好的事，會受苦、受折磨，凡事先感到不安，仔細思考之後，梨耀大人——我的主人梨耀大人不可能殺了我，也不可能做太過分的事，她甚至沒有威脅過我，但我自己胡亂想像，覺得會發生這麼可怕的事。」

鈴說完，看向身後的街道。

「一旦習慣了忍耐，就會對不再忍耐的狀態感到害怕。他們可能覺得，無論現在多麼痛苦，一旦放棄忍耐，就會發生更不好的事……」

「也許吧……」

「但是，痛苦並不會消失，正因為有這些痛苦，所以才會安慰自己，自己太不幸了……現在仍然躲在家裡的那些人一定這麼想，在自己重要的人被殺害之前不會覺醒……」

祥瓊輕輕苦笑著說：

「也許他們會覺得，是那些被殺的人自己做了錯事，明知道有昇紘那種人，還要做一些會被殺頭的事。」

「有可能。」

「人都在彼此競爭各自的不幸。雖然死去的人最可憐，但總覺得一旦同情別人，自己好像就輸了，也許覺得自己最可憐和覺得自己最幸福一樣，是一件很爽快的事。」

「嗯……有道理。」

為自己哀怨，憎恨他人，逃避自己最該做的事情……」

「如果有人說，那樣是不對的，反而會惱羞成怒……然後怨恨別人，我已經這麼不幸了，為什麼還要責備我？」

鈴小聲笑了起來。

「沒錯，沒錯。」

祥瓊看著低頭不語的陽子問：

「對不起，我們說這些很無趣嗎？」

「不，」陽子仍然移動視線。「我想了很多事……原來大家都陷入相同的瓶頸。」

「是啊……」

「我覺得，人要幸福很簡單，但又很難。」

「我覺得，」鈴開了口，「生存有一半是開心的事，另一半是痛苦的事。」

「的確是這樣。」祥瓊點了點頭。

「但是，人往往都只看痛苦的一面，然後就越來越不承認自己人生中也有開心的事。」

「似乎有點像是在賭氣，雖然這麼說有點奇怪。」

「的確會這樣。」

祥瓊和鈴也都沉默起來，和陽子一起吹著風。

「人真是奇怪的動物……」

鈴突然幽幽地說，然後毅然抬起頭問：

「我們要不要去繞城牆一周巡邏？」

3

悠閒的下午時光，難以相信眼前正在打仗。

「……到了明天，將會有很多人死亡……」

鈴走在步牆上說道。

「因為會有很多人犧牲，所以一定會傳入景王耳中。」

聽到祥瓊這麼說，陽子突然停下腳步。祥瓊轉頭納悶，但立刻笑著說：

「雖然謀反，但沒有人知道能不能成功，桓魋他們也不認為自己有能力推翻呀峰，即使真的成功了，首謀也會遭到處罰，但是，他們說，只要景王能夠知道，這樣就足夠了。」

「嗯。」鈴也點了點頭。

「他們說，景王一定不知道和州、止水的情況，當發生叛亂，知道百姓這麼痛恨昇紘和呀峰，一定會好好調查，然後會為百姓思考……他們只是希望達到這樣的目的。」

鈴說完之後，獨自笑了起來。

「其實，我來慶國是為了見景王，祥瓊也一樣。」

陽子張大了眼睛。

「來見景王？為什麼？」

「因為我們和她年紀相仿。」鈴和祥瓊異口同聲地說。

「只因為這個原因？」

「不是，」鈴又補充道，「我還有另一個原因，因為我們都是海客。」

鈴走在步牆上，訴說著她經歷的漫長旅程。那真的是一段漫長的旅程，一路上發生了很多事，最後終於來到這裡。如今開始打仗，不知道能不能繼續活下去，但她為自己的心情能夠像今天的春陽般平靜感到不可思議。

「──我一直覺得自己是海客，覺得自己很可憐，我相信同樣是海客的景王會同情我、會幫助我……」

「鈴，妳真是太優秀了。」

鈴聽了祥瓊的話，回頭看著她。

「啊喲，什麼意思嘛。」

「我怨恨景王，雖然只是莫名其妙地遷怒於她──我被趕出了王宮，無法原諒和我相同年紀的女生竟然成為王，進入了王宮。」

祥瓊也說了她的漫長旅程。父王崩殂、寒冬的里家、差一點被處死，以及被送去恭國，然後逃出恭國的過程，以及逃到柳國，在那裡遇見的人。

「──如果我沒有遇見樂俊，一定仍然在怨恨，所以我很感激他……」

「樂俊。」陽子小聲嘀咕，祥瓊回頭看著她說：

「他是一個好人，因為景王是他的朋友，所以我相信景王也是好人。」

「……是我。」

「啊？」鈴和祥瓊都輕輕叫了一聲，停下腳步看著陽子。

「什麼？」

「我是說，妳們在說的景王就是我。」

鈴和祥瓊都驚訝地張大了嘴巴。

「我這麼說，妳們或許聽起來像是玩笑話，但我覺得聽完妳們說的事，還悶不吭氣似乎不太妥當，所以就聲明一下。」

陽子似乎很尷尬，鈴和祥瓊更加聽不懂她的意思。

「嗯，官吏為我取了這兩個字，因為妳們也看到了，我一頭紅髮。」

鈴和祥瓊終於漸漸感到驚愕。

「……景王？赤子？」

「妳的名字叫……陽子？」

「對，太陽的陽，子孫的子——陽子。」

「——不會吧……」

鈴打量著陽子，內心甦醒的想法讓她忍不住呻吟。懷裡的短劍不正是為了刺殺景王而買的嗎？

祥瓊也注視著陽子。那是她一直怨恨、嫉妒的對象，如今就出現在眼前，原本已經遺忘的感情頓時湧上心頭——她曾經多麼痛恨景王。

「如果妳真的是景王，為什麼會出現在這裡？」

不是應該在王宮嗎？不是應該在堯天的金波宮嗎？

「我是胎果，對這裡的情況一無所知，所以正在請遠甫教我很多事。」

「遠甫？就是那個被綁架的人？」

陽子點了點頭。

「昇紘派人襲擊了里家，好像是呀峰命令昇紘這麼做，昇紘說，遠甫目前在明郭——我四處找遠甫，想要救他，結果就變成這樣了。」

「妳根本沒必要做這種事！」

祥瓊大聲說道。如果是景王——如果真的是景王，應該可以輕而易舉革昇紘的職，完全不需要讓這麼多人受傷、死亡。至今為止，到底死了多少人？桓魋派到拓峰的三個人中，有一個人已經死了，她認識的傭兵也死了好幾個，鈴也不知道喪失了多少夥伴。

「想要抓昇紘，必須出動王師，但我沒有權限——」

「怎麼可能有這種事！」

「我真的沒有權限。雖然我要求景麒撤換昇紘，但諸官說，不可以毫無理由撤換官吏，如果要撤換，必須提出足以證明的證據……因為官吏都不相信我。」

「為什麼？」

「因為我很無能吧。因為我對這裡的事一無所知，所以，即使我絞盡腦汁，也不知道什麼是最好的決定。官吏不相信女王，因為這個國家沒有女王運，再加上我這麼無知，他們當然無法相信我。」

「怎麼可……」祥瓊說到一半住了嘴，因為她曾經多次聽到「慶國沒有女王運」這句話。

「雖然我要求景麒出動州師，州師卻無法出兵。瑛州的州司馬和三將軍都突然生病告假。」

祥瓊說不出話。

「如果等我回到王宮，整頓完朝廷就為時太晚了。遠甫還沒有找到，里家遭到攻擊，和我們相同年紀的女孩被殺了，她的弟弟也遇刺，目前命在旦夕。雖然急忙把他送回王宮，請瘍醫盡力治療，但目前仍然生死未卜。」

「瘍醫。」鈴小聲嘀咕著，祥瓊看著鈴。鈴的雙眸凝視著陽子。

「有一個男孩也死在這個街頭，當我趕到時，他幾乎已經沒有呼吸了，所以我無法救他……」

「……真的嗎？如果來得及，妳會救他？」

祥瓊問道，陽子不悅地皺起眉頭。

「當然啊，這是一條人命啊。」

「如果那個孩子沒有受重傷呢？如果乍看之下並不像生病呢？如果不是被昇紘殺了，只是身體不舒服，蹲在那裡的話，妳會救他嗎？」

陽子更加不悅地說：

「祥瓊，如果是妳，會視而不見嗎？不是會帶他去看醫生嗎？那不是理所當然的嗎？」

「是啊。」祥瓊輕輕吐氣。鈴無言地把臉貼著女兒牆。

「——我的確是一個很不中用的王，我不知道很多百姓遭到殺害，也不知道他們忍受著苛捐雜稅和不合理的徭役。我知道一個王只拯救自己看到的不幸的人，說出來會令人噴飯，即使救了桂桂和妳們剛才說的孩子，在其他地方，還有其他孩子送命，但是，看到眼前有人承受痛苦，怎麼能夠袖手旁觀？」

「是啊……」

「嗯，」陽子微微鞠躬說：「對不起，我太不中用了……」

當祥瓊低下頭時，鈴突然抱著女兒牆笑了起來。

「鈴，妳怎麼了？」

鈴揮手示意她知道，仍然抱著女兒牆。她的淚水不停地流，把手埋在手臂中笑翻了。

「鈴，其實……」

「因……為……實在……太蠢了。」

「鈴！」

「因為我完全不知道妳是怎樣的人，擅自期待，又擅自失望。我並不是對妳有什麼期待，而是期待王都很了不起——我真的太蠢了。」

陽子困惑地注視著鈴，鈴難過地笑了起來。

「但王就是這樣的命運，大家都對王抱著期待，完全沒有想到妳的情況，然後就對妳感到失望……不是嗎？」

祥瓊仰天嘆息。
「——是啊。」
「……我該怎麼辦？」
陽子比剛才更加困惑地說。
「啊喲，」鈴抬起頭，「不是很明確嗎？對不對？」
祥瓊瞪了鈴一眼，再度重重地吐了一口氣。
「是啊，真的很明確。」
祥瓊拍著鈴和陽子的手臂。
「——當然是迎戰州師，推翻呀峰！」

第十九章

1

深夜，激烈的鼓聲打斷了陽子打盹的淺眠。

「發生——什麼事了？」

旁邊的鈴和祥瓊也都驚訝地坐了起來。

「不知道……」

「——敵軍襲擊？」

「該不會是州師已經趕到了？」

她們翻身站了起來，從箭樓衝到步牆，發現聲音是從鄉城四角的角樓傳來的。

「桓魋，發生了什麼事？」

聽到祥瓊的聲音，站在步牆上的桓魋轉過頭，面色凝重地指向南方。

「——啊！」

不光是陽子，祥瓊和鈴都愣在原地。

黑壓壓的拓峰街道南方，面向環途的街道角落發出了亮光。紅色的亮光——是火光。

「火災……？」

陽子聽著鈴的說話聲，瞇起了眼睛。

「發生什麼事了？」虎嘯和夕暉也衝了過來。
「虎嘯，有火……」
夕暉打斷了鈴的聲音。
「是州師。」
在場的人都看著夕暉驚愕的臉。
「……早該想到呀峰會幹這種事——州師打算把整個城市，連同昇紘、連同我們一起燒死……」
「太荒唐了。」人牆中傳來怒罵聲。
「虎嘯，怎麼辦？」
陽子熟悉的聲音問道。
「這麼晚了，民眾都在睡覺！必須叫醒他們滅火。」
「不行。」桓魋和夕暉同時回答。
「不行？夕暉，為什麼？」
「——州師就在等這個時機。他們留下步兵，讓騎兵先行抵達。他們正在等我們走去城外，絕對是這樣。一派人出去，就會被州師的精銳騎兵打得落花流水。」
桓魋也點著頭。
「夕暉說得對，現在衝出去，只會被追著打。燒到鄉城還有一段時間，我們繼續觀察一下。」

虎嘯輪流看著他們兩個人問：

「難道要袖手旁觀？」

「我們應該幫不上忙，我猜想……」

夕暉的話還沒有說完，其他方向的角樓也傳來了鼓聲。夕暉低下頭。

「其他地方也放了火……」

「夕暉！」

虎嘯輕輕打向夕暉。

「──如果見死不救，我們就變成了殺人凶手！」

虎嘯對陽子說：

「我們走吧。」

「陽子──哥哥！」

鈴拍著夕暉的肩膀說：

「不能基於私恨攻擊他人，不是嗎？如果我們現在見死不救，我們所做的所有事，都變成了私恨，沒有資格再談論義憤。」

「鈴……」

「如果桓魋和祥瓊他們沒有趕來相助，我們現在早就不知道怎麼樣了。我們當初就做好了心理準備，所以，至少我們現在要出去救人。」

「鈴。」夕暉叫了一聲，用力點著頭。

「……我們找一個突破口，確保民眾逃生的路。」

「好！」虎嘯用力拍著夕暉的背，「那就走吧。」

男人發現了煙霧，在臥室內跳了起來。他聽到了樹木燃燒的劈啪聲，感受到異樣的熱氣，立刻搖醒了還在熟睡的妻子——這幾天都很不安，今天晚上終於稍微平靜，妻子睡得很熟。

「快起來。」他大聲叫著，衝到了客廳，然後衝向對面的臥室，抱起了正在熟睡的女兒。他安撫著半夢半醒的女兒，催促著衝出臥室的妻子來到街上。

「這到底——」

馬路對面已經陷入一片火海。男人直覺地知道，這是一場大火。

「趕快逃到城外出！快！」

——所以我之前就說了，全都是因為反抗昇紘的關係。

有一個聲音在他內心說道。

生在止水很不幸，但反抗命運，就會造成眼前的後果……唉，一家三口好不容易平平安安地活到了今天。

他們隨著落荒而逃的人潮跑向申門，男人突然停下了腳步。

申門的城門關閉著。在申門前環途上的那群騎兵是怎麼回事？倒在馬腳下的屍體又代表了什麼意義？

他不加思索地抓住了妻子的手臂，拖著她往回跑，看到前一刻站在他身旁的老人胸前中箭倒下。妻子慘叫起來。

——到底做錯了什麼？

我到底做錯了什麼？反抗昇紘那些人和我毫無關係，為什麼我的家人必須因為那些人的關係而遭到殺害？

他和四處逃竄的人一起，跑向遠離火勢的內環途，看到四面八方的火勢，感到不寒而慄。放眼望去，四處都是火光，城門附近竄起的火舌在轉眼之間燒到了屋頂，和旁邊的火連成了一片，火勢越燒越猛。

——怎麼回事？

已經無路可逃了。他的女兒醒來，在他的懷裡哭了起來。

至少要讓這孩子……他回頭看向身後，紅色的火光映照著黑壓壓的城牆，看起來充滿威嚴。

「妳們跑去鄉城。」

說完，他把手上的孩子交給妻子。

「他們願意多管閒事推翻昇紘，不可能對妳們見死不救，去吧。」

正當他推著妻女，叫她們離開時，眼前鄉城西側的白虎門打開了，看到湧出的人群，他整個身體都僵住了。

「退後！」

聲音傳了過來，他目不轉睛地看著飛奔而來的人和馬。

「小心有埋伏！火勢不會輕易延燒到大經和大緯！縱火隊應該還留在市區四處放火！」

「好！」那些人應了之後超越他離去。他愣在原地無法動彈，門前一個騎在馬上的少年向他揮手說：

「他們會在前面開路！趕快跟著他們逃出去！」

桓魋在擠滿人的白虎門前騎上吉量，回頭看著兩名下屬。

「我們的人盡可能不要離開城牆，敵人可能會趁亂展開攻擊。如果有人受傷，可以讓他們進城，但要注意傷者的動向，因為州師的伏兵可能會混入其中。」

「您也來了。」

桓魋對眼前的男人露出苦笑。

「——既然他都那麼說了，總不能繼續在裡面當縮頭烏龜。即使可以受到別人的稱讚，我也無法忍受被虎嘯看不起，認為我是膽小鬼。」

說完，桓魋扛起了長槍。

「其他的就交給你了，拜託了。」

男人點了點頭，桓魋揮了揮手，駕著吉量離去。

2

「虎嘯——！」

虎嘯聽到陽子的聲音巡視周圍，發現幾個男人正從小路內衝出來。看到他們手上的武器，虎嘯立刻揮動大刀，掃開第一個男人後，回手打向第二個男人，最後刺向第三個男人。

陽子趕過來加入戰局，漂亮地收拾了剩下的兩個人。

「看來有不少埋伏。」

「好像是。」

從白虎門直直通往酉門的中大緯上，市民都驚慌失措地逃命。虎嘯叫他們趕快逃去鄉城後，甩掉大刀上的血滴。他手上的冬器已經不像之前那麼銳利。

他和戰友一起穿越了中大緯的剩下距離，來到右大經。火勢已經逼近大經的南側。虎嘯在大經上退了幾步後停了下來。

大緯兩側都是小店，騎兵正一路破壞這些小店前進。如果沒有那些小店，馬路將近八十步寬，火勢不可能輕易蔓延過來，左右兩側的大火也不會燒到他們。

「他們的動作真快……對他們的馬腳下手。」

虎嘯小聲說道，周圍響起了「收到」的回應聲。

他們相互對峙片刻，騎兵率先採取了行動。隨著一聲令下，騎兵的馬蹄聲轟然響起，迎面衝了過來。虎嘯和其他人立刻散開。

陽子稍微遠離了虎嘯，壓低了身體，對著腳下壓低嗓門說：

「……拜託了。」

「是。」

聽到這個聲音後，就感受不到任何動靜。

飛奔而來的騎兵，最前面那匹馬突然倒下。「怎麼回事？」虎嘯張大了眼睛。後方的馬也相繼絆倒，好不容易閃避的馬匹也好像不知道被什麼東西絆倒，跌倒在地。

「——這是怎麼回事？」

「賺到了。」

聽到一旁傳來氣定神閒的聲音，虎嘯看向陽子。當他轉過頭時，陽子已經衝向倒地的騎兵。

桓魋趕到時，大馬路上已經陷入了一片混戰。幾乎所有的馬都倒地不起，街道上擠滿了倒地的馬匹、跑過來的百姓，和慌忙應戰的士兵。

「你們真厲害啊。」

桓魋說了一聲，在虎嘯身旁從吉量上跳了下來。吉量自己轉身跑回了鄉城。

「不是我們的本事，好像有神祕的力量在幫我們，那些馬都自己倒在地上。」

「是喔。」桓魋嘀咕著，舉起了長槍。那是桓魋的冬器，連槍柄都是鋼製的。
「而且不知道為什麼，光線這麼明亮，從剛才開始，就完全沒有箭射過來。」
「幸運之神站在我們這一邊，那就太好了——一口氣殺去酉門。」
「好。」虎嘯應了一聲，衝了出去。桓魋也跟在他身後奔跑，衝向從馬上掉落後手足無措的士兵。
陽子砍向站起來的士兵，砍斷了長槍的槍頭，當士兵失去武器後逃走，她並沒有繼續追趕。
陽子抬起頭，酉門就在前方。雖然看到了像是床子弩的東西，但從剛才開始，就沒有任何箭飛過來。她輕聲笑了笑，腳下傳來聲音。
「門外的士兵開始潰逃。」
「謝謝。你有沒有受傷？」
使令並非不死之身，冬器可以砍殺使令。即使使令隱身，敏銳的武將可以感受到使令靠近的動靜。
「有一點……但並無大礙。」
「對不起，可不可以請你再衝一次？」
「在酉門聚集的州師嗎？」
「嗯。」陽子向眼前的敵人舉起劍。

「遵旨。」
聲音消失的同時，敵人拔刀衝了過來。陽子用劍迎接，迸出無數劍花，然後用劍一撥，在敵人身體失去重心的同時，用劍背攻擊。對方退後，但並沒有轉身逃離，而是再度舉刀砍來。陽子閃開後，打向敵人握著武器的手。對方的刀掉落後，大叫著逃跑了。
「妳似乎不喜歡殺人。」
對她說話的是桓魋。陽子坦誠地點了點頭。
「能不殺當然最好。」
「如果不殺對方，削弱對方的兵力，不是沒有意義嗎？」
「我認為只要削弱對方的士氣就好。」
「妳真奇怪——劍術這麼好，卻說這麼天真的話？」
桓魋聲音中帶著笑意。
「——妳剛才好像在和誰說話？」
「沒有……我好像很容易自言自語。」
「是喔。」桓魋說完，離開了陽子，用鐵槍掃蕩三個舉劍衝過來的士兵。沉重的武器呼嘯著，被打到腿的三名士兵立刻應聲倒下。
陽子驚訝不已。虎嘯揮動將近百斤大刀的體力已經讓她驚嘆不已，桓魋可以輕輕鬆鬆地揮動完全用鋼打造的鐵槍，更是超越了驚嘆而嘆為觀止了。之前虎嘯拿了一下，便感到震驚不已。鐵槍重量將近三百斤，桓魋雖然身材結實，但體重應該不到三百斤，他帶著和自己體重相當的鐵槍，具備了可以甩動鐵槍的臂力和體力，完全不合乎常理，而且看他的樣子，並沒有感到特別沉重。

「他根本是妖怪。」

虎嘯驚訝地說，他手上拿著彎刀，肩膀上下起伏用力喘著粗氣。

「你的大刀呢？」

「折斷了。」

「是嗎？」陽子點了點頭，衝到大路上。有三千人衝出鄉城，分別守在大路上，協助滅火，其他人持續向前。西門就在眼前，陽子他們的人數銳減，但仍然必須占領西門，確保從鄉城正門往市區的道路通暢。

她回頭張望時，發現街道上的火勢稍微趨緩了。

3

鈴、祥瓊和其他人一起騎馬在街道上巡邏，看到被火燒得四處逃竄的民眾，立刻指示他們向南逃命。

「趕快滅火！要逃命的話，往西門的方向去！」

街道上到處都有伏兵，他們努力閃躲逃避，但馬匹的數量越來越少。

祥瓊旁邊又有一匹馬遭到伏兵的攻擊倒下了。祥瓊好不容易閃過，手持武器的伏兵衝了過來，射箭舉槍。又有一匹馬被砍到腳倒下了。祥瓊聽到鈴發出慘叫聲。

「──夕暉！」

原來騎在那匹被砍倒馬上的是夕暉，輕裝的士兵跑向從馬上跌落的夕暉。祥瓊立刻將馬掉頭，但根本來不及前往營救。祥瓊看到士兵舉起彎刀，也忍不住慘叫起來。夕暉身上並沒有防身的武器。

「夕暉──！」

咚。一聲劇烈的毆打聲，舉起彎刀的士兵丟下武器，抱頭蹲了下來。祥瓊張大了眼睛。

「你……你們不要太猖狂了！」

一個白髮老人再度揮棒打向士兵。

「把我們當成什麼了！」

祥瓊看得目瞪口呆，一匹馬趕了過來，打敗了剩下的士兵。

夕暉坐了起來，看著手拿頂門棒的老人。

「……謝謝。」

「不客氣。」老人伸出冒著青筋的手，夕暉拉著他的手站了起來，所幸並沒有受到重傷。他正想鬆開老人的手，老人用力握住了他。夕暉看著老人。

「昇紘死了嗎？」

「已經抓到他了，要交給國府。」

「是嗎？」老人鬆開了手，「有什麼我可以做的事嗎？」

夕暉輕輕笑了起來。

「請你協助滅火。」

老人點了點頭，轉身離開了。鈴騎馬來到夕暉身旁，向他伸出了手。

「還是有人支持我們。」

鈴笑著說道，夕暉抓住了她的手，坐在她身後。

「快走……我們還沒有繞市街一周。」

來到西門前，打倒了幾個留在門前的士兵後，門前一片寂靜。沒有任何箭飛來，門闕上的箭樓也靜悄悄的。

陽子暗自竊笑著，納悶地抬頭看向箭樓的虎嘯回頭看向陽子。

「妳——幹了什麼嗎？」

陽子看著虎嘯，微微搖著頭。

「我不知道你在說什麼，要不要把城門打開？」

虎嘯微微皺著眉頭跑向城門。這裡也有懸門，但並沒有放下。推開門闕內大小不一的三扇門前，用於阻擋的塞門刀車，準備打開門栓。

打開門的同時，箭可能飛過來——虎嘯想到這一點，所以有點遲疑，但一旁打開小門的陽子動作毫不遲疑。陽子經常有這種欠缺謹慎的態度，而且虎嘯根據之前的經驗知道，這種時候絕對不會有任何危險。

「咦……」

在虎嘯右側打開另一道門的桓魋發出好奇的聲音，轉頭看著正在把門環掛上牆上掛鉤的陽子。

「陽子，妳知道門外沒有敵人嗎？」

門外的確沒有敵人，只有屍體、傷兵和丟下的武器，空地上一片寂靜。

「不知道。」陽子搖了搖頭。

「但妳打開門的時候毫不猶豫。」

「我忘了外面可能有敵人這件事。」

「妳——」

桓魋的話還沒有說完，陽子打斷了他。

「敵人會從其他方向過來，是不是該趕快做好迎戰的準備？」

虎嘯和桓魋交換了眼神，這時，一個男人跑了過來，他跑到虎嘯正在打開的門旁，推開之後，把門環勾在掛鉤上。

虎嘯以為他來自明郭，桓魋以為他是拓峰的人。男人把門固定後，指著門前的塞門刀車說：「可以移動這個防守。」

「嗯。」虎嘯和桓魋點頭時，發現那個男人渾身顫抖，連牙齒都在打戰。在眼前的情況下會嚇得發抖的人不可能是虎嘯或是桓魋的戰友。

虎嘯笑著用力拍男人的背說：「你說得對——謝謝啦。」

他們來不及在門外布陣，就聽到了飛奔而來的馬蹄聲。

「——來了。」

虎嘯繃緊神經，咬牙切齒地說道。

「可惡……根本沒時間讓民眾逃命。」

街頭的火光照亮了他的臉，陽子回頭仰望著箭樓。

——該慶幸有這些火光嗎？還是該痛恨有這些煙霧？必須有亮光，才能射殺敵人，但四周瀰漫著濃烈的煙霧，即使有亮光，視野仍然很差。

「虎嘯，怎麼辦？要回城關門嗎？」

「只能這麼做了。」

「有戰車……」

陽子聽到桓魋的聲音，握著劍柄的手忍不住發抖。

沒有障礙物的空地和平地上，戰車相當於十騎騎兵。煙霧後方的確傳來了車輪滾滾的聲音。

終於發揮勇氣的市民接手了大馬路和鄉城的守衛工作，這些沒有戰鬥經驗的民眾都集結在西門。即使如此，形勢仍然對陽子他們極為不利。州師並非只從西門進攻，所以還必須派兵力前往其他城門。集結在西門的只有五百人左右，州師的常備兵常是三軍，每軍有七千五百人，一軍中有兩千五百是騎兵，從明郭出發來到拓峰的州師有兩軍，光是騎兵先趕到，人數就超過五千，即使分散到十二道城門，各處仍然有四百名騎兵。原本封鎖西門的州師已經撤退，但仍然有四千五百名騎兵包圍拓峰。

「關城門！」

虎嘯說完，轉身離去。車輪的聲音越來越近，隱約出現在煙霧的後方。陽子張大了眼睛——那不是戰車，像是一道牆壁的到底是什麼？

楔形牆壁般的東西慢慢靠近。

桓魋低聲地說：

「原來是雲橋——他們竟然帶了這種東西。」

「雲橋？」

「前方有盾牌的車子，後方堆起沙袋，士兵躲在那裡。」

「什麼……」

「這稱為填壕車，巨大的填壕車稱為雲橋。那個是叢雲橋，用馬匹拖著好幾輛填壕車，用鉤子連在一起。通常不會讓一般的馬拉填壕車，因為很容易累垮。」

「……你也非等閒之輩……」

「和妳相比差遠了——這是專門攻城的戰車，如果不設想解決，即使關上城門，雲橋也會撞破城牆。」
「——要怎麼攻呢？」
聽到陽子的聲音，桓魋抬起頭叫了一聲：
「——虎嘯！」
「什麼事？」虎嘯回頭，桓魋遞上鐵槍。
「叫人準備火箭，在步牆上用弩攻擊推雲橋的人——你用這個，要握住底部揮動，一個人揮不動，就兩個人一起揮。無論如何，都要阻止來自北方的雲橋，阻止騎兵之後，就逃進城內。」
虎嘯接過鐵槍後皺起眉頭。
「好，我盡量——南側呢？」
「交給我吧。」
陽子抬頭看著桓魋問：
「你赤手空拳？」
桓魋笑了笑說：
「比赤手空拳好一點。請妳掩護我。」
陽子皺著眉頭，但雲橋已經來到眼前，現在沒時間問那麼多。
「——走吧。上面的人！掩護工作就拜託了！」
虎嘯很乾脆地回應道，門前的人湧向北側。桓魋微微跳了一下，跑向南側。

——超快。

陽子緊跟著桓魋超乎尋常的腳步，拔出了劍。使令已經展開了行動。之前吩咐使令先解決射兵，所以現在可以不必在意弓箭的攻擊——

想到這裡，陽子不由得張大了眼睛。桓魋的身體往下沉。他中箭了嗎？陽子在心裡呻吟時，發現桓魋的身體繼續下沉。但仔細一看，發現桓魋不是在下沉，而是身體縮水了。他並沒有中箭，因為他繼續向前奔跑著。

——怎麼回事？

桓魋的身體好像溶化了，但轉眼之間，他的身體開始膨脹。溶化的身體不斷膨脹，形成了新的形狀——至少陽子眼中是如此。

步牆上和前方都響起一陣喧鬧聲。桓魋——曾經是桓魋，現在已經變成其他外形的身影伸出了雙手，正確地說，是伸出了前肢。他以像箭一樣的速度衝到雲橋前，彎下像小山般的身體，用粗壯的前肢掃向雲橋。

前面的填壕車立刻懸空，連在一起的其他填壕車也都懸空後掉落地面，停止繼續前進。

——原來他是半獸。

巨大的熊用後肢站了起來，敵人用長槍打了過來。陽子立刻跑了過去，砍斷了長槍。

「謝囉。」

巨熊用粗獷的聲音笑著說，然後前肢用力一掃，前方的填壕車立刻倒在地上。

陽子揮動劍時輕輕笑了起來。

「難怪你力大無比。」

太陽從拓峰東方的山地升起，拓峰的街道仍然煙霧瀰漫，煙霧讓陽光變得朦朧，但街頭已經看不到火光了。

聚集在鄉城白虎門至酉門之間的車子都堆在所有的入口，確保了到酉門之間的道路暢通。十二道城門的箭樓上有眾多人影，門闕旁的城牆上也有無數男女老幼的人影。

包圍拓峰的和州師騎軍遇到頑強的抵抗而後退，和終於抵達拓峰南方幹道的步兵會合，準備在午門前布陣。

趕到的州師已經無法得知要對付的敵人總數，也不知道拓峰的民眾到底有多少人加入了叛軍，或只是躲在城牆內受到保護？

不可輕視市民的叛亂。州師接到了傳令。

城牆已經落入市民的手中，鄉府內有豐富的物資。

必須攻打拓峰這個牢固的城堡都市。正當州師為此陷入沮喪時，後方又傳來了令人驚愕的消息。

——今日未明時分，明郭發生叛亂。

第二十章

十二國記

1

「太好了。」虎嘯笑了起來，「如此一來，就可以如桓魋所願，順利牽制住州師三天。」

站在街角的角樓上，可以看到布陣的州師方寸大亂。鄉城原本就很牢固，昇紘又進行了大規模的補強工程，拓峰變成了不輸給州都的城堡。

「——終於成功了嗎？真是太驚訝了。」

桓魋的語氣聽起來不像是驚訝，更像是啞口無言。祥瓊和鈴也在角樓的角落互看了一眼，一起笑了起來。

「……肚子餓了。」

虎嘯無力地坐在椅子上。這裡是鄉城，有各種豐富的食材，卻沒有人下廚準備。俘虜的人數龐大，鄉府的廚師負責俘虜的三餐，但因為不知道會送來什麼食物，所以虎嘯他們並沒有吃。昨天才終於增加了人手，總算有辦法煮來吃了，只不過在昨天傍晚吃了之後，至今沒有時間再進食。

鈴小聲地笑了起來。

「城鎮上的女人很快就會送飯來了，你再等一下。」

虎嘯很沒出息地嘆著氣，角樓的樓上傳來叫聲。

「虎嘯！有援軍！」
「什麼？」
虎嘯跳了起來，衝上通往樓上的階梯，在場的所有人也都跟了上去。
「……虎嘯！」
站在樓梯上方往下看的男人臉色蒼白。
「——有援軍？」
「旗幟……」
男人的聲音也變了調。
「——西方有龍旗——！」
虎嘯和桓魋爭先恐後衝了上去，祥瓊茫然地嘀咕道：
「龍旗……那不是王的旗幟嗎？」
祥瓊抓住了衝下來的男人手臂問道。
「真的是龍旗嗎？」
「對……」
「——軍旗是什麼顏色？」
「……紫色。」
祥瓊和鈴都茫然地張大眼睛，陽子衝了上去。
——龍旗和紫色的軍旗。只有一個軍隊可以揚起這兩面旗幟。

「……禁軍。」

虎嘯和桓魋衝了下來跑向步牆，祥瓊和鈴衝去樓上察看。

「陽子，真的是禁軍嗎？」

聽到鈴的叫聲，看著窗外的陽子臉色蒼白地點了點頭。

「為什麼禁軍會來？」

「不知道。」

陽子站在窗前看著前方的山丘，騎兵帶頭的大軍揚著龍旗，沿著幹道浩浩蕩蕩地前進。絕對沒有錯，那是應該留在堯天的禁軍。

「……應該不是來鎮壓州師的。」

祥瓊站在陽子身旁。

「原來堯天也有呀峰的後臺……而且那個人位居能夠指揮禁軍的要職。」

陽子回頭看著祥瓊。

「——夏官？」

「大司馬是怎樣的人？」

「我記得——」

陽子陷入了沉思，隨即張大眼睛。朝廷的權力版圖。夏官屬於哪一個派系？

大司馬不可能憑一己之斷出動禁軍，只有掌握巨大權力的人，才能說服大司馬出兵。

「——靖共……」

「啊？」祥瓊偏著頭。

「是前冢宰，宮中最大派系之長——」

「一定就是他。」

「等一下。」鈴不解地叫了起來。

「為什麼冢宰要為呀峰出兵？出動王師不是太奇怪了嗎？而且陽子在這裡，竟然派禁軍出動。」

「正因為是呀峰才出兵，這是唯一的可能啊。」

祥瓊說著，陽子張大了眼睛。

「昇紘是呀峰的爪牙，呀峰是冢宰的爪牙。」

「但是，靖共痛恨呀峰……」

「他說痛恨呀峰，有沒有實際做什麼？」

陽子忍不住倒吸了一口氣，雖然靖共口口聲聲說，呀峰不可原諒，但總是嘆著氣說，如果沒有掌握證據就束手無策。

「假裝痛恨太簡單了。既然叫呀峰做一些見不得人的勾當，當然要假裝討厭他。不把王放在眼裡，擅自出動禁軍的人不會做這種事嗎？搞不好當初主張革除麥侯職務的，也是冢宰那個派系吧？」

「是……沒錯。」

「所以，那個冢宰痛恨麥侯。他怎麼可能不痛恨堅持走正道，深受百姓愛戴的州侯？」

「所以，」鈴不安地說：「綁架那個遠甫和燒了松塾，可能都是冢宰下達的命令。」

「燒了松塾？」

「聽說是呀峰的命令，遠甫也被送去明郭了。」

「那一定就是這樣，否則和州侯沒理由把他州的義塾視為眼中釘。如果冢宰是幕後黑手，一切就合情合理了。他一定覺得來自松塾的州侯很礙眼，所以痛恨所有松塾的人，因為一旦來自松塾的人經由麥州推薦進入國府，他的地位就不保了——八成是這樣。」

聽了祥瓊的話，陽子輕輕吐了一口氣，瞇起眼睛。

「祥瓊，妳真厲害……」

「因為我太瞭解宮中的人在想什麼，看來在宮中的三十年沒有白活，連我都忍不住佩服自己。」

「的確太厲害了。」

陽子苦笑著，鈴拉著她的衣服。

「但是，現在該怎麼辦？州師已經讓我們難以對付了，這下子禁軍也來了，不是完蛋了嗎？」

陽子皺起眉頭。

「禁軍很強大，尤其禁軍的空行師人數也很多，所以不容小覷。」

「比十五騎還多？」

「如果禁軍三軍都出動，有三卒三百，除此以外，還有很多有騎獸的士兵。」

「這麼多。」鈴說不出話，陽子一雙碧眼中露出堅定的眼神。

「……我絕對不允許他們自作主張。」

2

包圍市街的禁軍大旗讓市民極度不安。對市民來說，龍旗代表了王，代表了整個國家，和州師的性質完全不同。

——王師前來討伐了。

人心惶惶，到處響起絕望的聲音。即使投降，也會遭到嚴厲處罰，也許所有人都將被繩之以法。

虎嘯和桓魋的戰友當然也都不例外。

有人說，景王果然在為昇紘撐腰。也有人不安地叫喊，原來自己做錯了。無論如何，他們都是叛賊。

一軍到齊後，又出現了第二軍的旗幟，市民都擠到門闕前，打算向王師投降。
「如果被景王盯上就完蛋了。」
「我們並不是想要參與謀反！」
「之前被昇紘盯上，就已經那麼慘了……如果被國家盯上，後果不堪設想。」
市民紛紛指責虎嘯魯莽行事，為拓峰帶來了災禍。
「都怪你們多管閒事！」
「這下子你要怎麼負責！」
虎嘯沮喪地坐在鄉城正門的箭樓上，周圍的人影稀疏，因為有人開始耳語，如果取下虎嘯的首級向王師投降，景王或許會網開一面。
「……怎麼辦？」
桓魋問，虎嘯垂下頭，嘆著氣。
「沒怎麼辦，只能打開午門，讓想要逃的人趕快逃走。」
他說話的語氣很輕鬆，但言語之中已經沒有了之前的霸氣。
「只要一打開門，王師和州師就會衝進來。」
「這也無可奈何啊。」
說完，虎嘯看著站在他面前的桓魋。
「桓魋，沒有人知道你的身分，你騎上吉量趕快離開吧。」
「不要隨便把人當成懦夫。」

「好吧，」虎嘯笑著，巡視著周圍，「反正我知道自己活不了，但要避免把無辜的人捲進去。」

虎嘯說完，對著一個男人說：

「你去告訴守在城門的人，他們要回鄉城或逃走都可以……但你們要注意自身的安全，不要被惱羞成怒的人攻擊。」

「但是……虎嘯。」

「即使被認為是叛賊處死，我們也要堅持自己的仁義，如果把百姓關在鄉城，感覺把他們當成了人質，我無法忍受。」

「虎嘯，等一下！」

鈴叫了起來。

「——你不能這麼做，不要輕舉妄動。」

「沒錯，」祥瓊也表示贊同，「再等一下，反正他們在等我們投降，否則早就進攻了。還有緩衝的時間，所以先不要急於下結論。」

虎嘯輕輕吐了一口氣後抬起頭，露出自嘲的苦笑。

「我不想讓自己變成一個卑鄙膽小的人。」

「再等一下就好。」

祥瓊和鈴異口同聲地說，虎嘯和桓魋都訝異地皺著眉頭。

「對了，」虎嘯舉起了手，「陽子去了哪裡？」

鈴和祥瓊交換了一下眼神，最後祥瓊開了口。

「……她守在午門，即使叫她打開城門，她也不會答應。」

虎嘯張開嘴巴想要說話時，有人沿著樓梯衝上了箭樓。

「虎嘯──」

「發生什麼事了？」

「自稱是市民的代表說要來見你。」

大家都皺起了眉頭，虎嘯從容地說：「讓他們上來。」夕暉立刻走到虎嘯身旁，其他人也都圍了過去，以防萬一有人想要對虎嘯不利。

六個中年男人走上箭樓，名叫革午的人代表他們發言。

「我們並沒有協助你，而是你們這些叛賊俘虜了我們。」革午氣勢洶洶地說：「趕快放我們走，我們可不願意也被當成叛賊。況且，你們這些無賴──」

革午口不擇言地破口大罵，其他五個人也一起責備虎嘯。虎嘯嘆著氣，鈴大聲說道：

「夠了沒有！」

不光是革午等人，就連虎嘯和桓魋也睜大了眼睛。

「你們不痛恨昇紘嗎？你們認同昇紘的做法嗎？」

「妳一個小女孩給我閉嘴！」

「我當然不會閉嘴！如果你們認同昇紘的做法，就是他的同夥，沒有資格在這裡說三道四，馬上就把你們像昇紘一樣綁起來！」
「……鈴！」
虎嘯制止道，鈴瞪著虎嘯說：
「你為什麼垂頭喪氣？根本不需要因為這種人說這些話感到沮喪。」
她不認為虎嘯做錯了，更不認為拓峰的百姓不痛恨昇紘。
「我因為像我弟弟一樣的孩子死在昇紘手上，所以加入了虎嘯他們——那個孩子是被昇紘的朱軒輾死的，沒有人責備昇紘，也沒有人追上去把他拉下朱軒。以前我以為是大家害怕昇紘，但如果不是這樣，而是這裡的人都認同昇紘的所作所為，那這裡所有的人都是我的仇人！我不會原諒你們！」
「妳聽我說，我們並不是不痛恨昇紘，只是無可奈何，因為如果不在他面前低頭，就無法活下去。」
革午咬牙切齒地說：
「很謝謝你們推翻了昇紘，但是，我們不想死，也很疼惜家人，難道這樣想錯了嗎？你們推翻了昇紘這個豺虎，但引來了景王這個更大的豺虎。」
「景王並不是我們的敵人！」
「禁軍不是來了嗎！」革午怒吼道：「這代表景王並不認同拓峰的叛亂——不就是這個意思嗎？啊？」
「不是。」

祥瓊斬釘截鐵地回答。

「景王根本不知道，你知道這個國家有三個豺虎嗎？」

革午用力喘著氣，眨著眼睛。

「止水鄉鄉長昇紘、和州州侯呀峰，還有前冢宰靖共。」

「喂！」虎嘯對她喊道，其他人也都驚訝地看著祥瓊。

祥瓊對他們笑了笑。

「事情就是這樣。從止水鄉百姓身上榨取的民脂民膏流入了和州，和州的油水又流入了靖共的口袋。他下令燒了義塾，用莫須有的罪名把深受百姓愛戴的州侯趕出朝廷，還下令襲擊里家，但在背後為昇紘和呀峰撐腰。這和州師趕來這裡救援的理由一樣，因為一旦昇紘和呀峰遭到逮捕，靖共的地位就岌岌可危，所以才會派出禁軍。」

「妳……從哪裡聽說這些事？」

桓魋問，祥瓊和鈴交換了眼神。

「我自有方法——景王不可能派禁軍，她很同情拓峰的百姓，是靖共擅自派兵，所以禁軍守在城門前，沒有展開攻擊，因為照理說，根本不可以擅自調動禁軍，只能用這種方式造成我們的心理壓力，等我們自行投降。」

「但是——」

「桓魋，靖共掌握的權力越大，就越會引起反彈。朝廷目前分為靖共派和反靖共派兩大派系。靖共擅自派出禁軍，反靖共派會不吭氣嗎？如果只是讓禁軍出征，來這裡威嚇我們，或許還可以找藉口辯解，以鎮壓叛亂的功勞做為擋箭牌，但是，一旦真的打仗，即使是前冢宰，恐怕也百口莫辯了。因為禁軍是王的軍隊。」

「但是，禁軍可能會進攻啊！」革午大叫道：「一旦進攻，一切都完了，妳搞清楚沒有！」

「景王會救我們，她絕對會阻止。」

革午指著祥瓊說：

「誰能夠保證！景王可能和靖共沆瀣一氣！」

「——不可能。」

祥瓊和鈴同時說道，兩個人同時輕聲笑了起來。桓魋也忍不住噗哧笑了。

「聽妳們的口氣，好像認識景王。」

祥瓊和鈴再度互看了一眼。鈴先開了口。

「當然認識啊。」

「怎麼可能！像妳們這種小女孩，怎麼可能認識景王！不要信口開河！」

革午吼道，鈴想說又不能說，正感到不知所措，看向祥瓊。祥瓊對她點了點頭。

「——你叫革午吧？我認識景王很奇怪嗎？」

「當然啊！」

革午還想繼續說下去，祥瓊制止了他。

「我是芳國先王峰王的公主祥瓊——一國的公主認識景王很奇怪嗎？如果你懷疑

我的身分，可以去向芳國惠侯月溪打聽，問他是否認識先王峰王的公主孫昭。」

不光是革午，連虎嘯和其他人也都傻住了。

「我在父王崩殂後，來到慶國投靠景王，受景王之託，瞭解和州的情況。因為某些緣分，所以協助了虎嘯他們，景王也知道這件事——景王希望趁這個機會，一口氣把靖共等人繩之以法。如果你們驚慌失措地責備虎嘯他們，反而會讓景王不開心。」

「怎麼可能？」

革午的表情顯然覺得難以置信，鈴把手伸進懷裡。

「革午，你看這個。」

革午接過鈴遞給他的東西，不解地偏著頭。看起來只是普通的旌券。他抬起頭，搞不懂鈴為什麼把這個給他，鈴叫他看背面。他把旌券翻了過來，整個人都愣住了。墨字和朱印。不，這該稱為——御名御璽。

「我以前在才國琶山之主翠微君手下做事，受采王之託，來慶國拜訪景王。如果你不相信旌券上的御名和御璽，可以去問長閒宮。」

革午看著旌券，又看著眼前兩個年輕女孩。兩個女孩開心地笑了起來。

「你們就相信景王繼續等待，絕對不會讓你們吃虧的。」

「……真是不勝惶恐啊。」

虎嘯端詳著鈴的旌券，然後交還給鈴，看著她的眼睛問：

「妳們剛才說的都是真的嗎？」
革午和其他人終於相信了她們，走下箭樓離開了。傳聞應該傳得很快，至少街上劍拔弩張的氣氛已經漸漸消失。
鈴看著祥瓊，祥瓊聳了聳肩。
「你們可以認為是真的，因為以結果來說，我們並沒有說謊。」
虎嘯偏著頭感到不解，祥瓊揮了揮手。
「其實，我對王師會不會進攻這件事並沒有自信……但是，空行師並沒有上陣，而且現在也沒有展開攻擊，所以應該八九不離十——我們目前該做的，就是相信景王，然後等待，這句話並沒有說謊，而是千真萬確。」
「好！」虎嘯拍著大腿，「為了以防萬一，要固守城牆。」
「虎嘯。」鈴和祥瓊同時叫著他。
「我相信妳們，那就在這裡等景王和她的人馬來救我們。」
「太好了。」祥瓊鬆了一口氣，看向街上，當她回頭看午門時，睜大了眼睛。
「——鈴……！」
「啊！」鈴跑了過來，祥瓊指向天空。
「那是……」
虎嘯和其他人也都跑到窗邊。
「那是——」

街上仍然處於緊張狀態，不安讓整個城鎮的空氣都變得沉悶。
王師很可怕，但叛賊也可怕。想要留下的人害怕遭到王師的攻擊，害怕之後遭到處罰；想要逃走的人又擔心遭到叛賊的報復。百姓害怕採取任何行動——這就是昇紘長年欺壓百姓的結果。
他們一次又一次不安地仰望城牆。只要站在步牆上的人影沒有動靜，代表暫時沒有問題。
一個女人在不知道第幾次抬頭看時，不由得張大了嘴。
「那是……」
其他人可能聽到了她的聲音，也都紛紛抬頭看著城牆，和女人一樣目瞪口呆。

3

陽子站在午門的箭樓巡視著空地，在空地後方丘陵地擺開陣仗的軍隊人數明顯增加了。
軍隊至今仍然沒有動靜，但並不是完全沒有打仗的準備。士兵正在駐紮的斜坡上砍伐樹木。
祥瓊說，王師應該只是發揮威嚇作用。也許她說對了，但州師顯然有動靜。同樣守在箭樓上的男人說，他們可能打算製作攻城器。

「現在開始做？」

「攻城器很大，如果戰場上有木材，就會就地製作……除非要做很巨大的攻城器，否則只要準備車輪，不出半天就可以完成。」

「是嗎？」陽子點著頭，將視線移回空地。她並不是在看敵軍。

太陽漸漸越過了中天，陽子在蒼穹中看到了等待已久的東西，張大了眼睛。

「……來了。」

「啊？」身旁的男人看著陽子，陽子沒有理會他，轉身衝下箭樓。

步牆上的人愕然地仰望天空。

「那是——」

「什麼——」

驚叫聲接二連三，一個人、兩個人緩緩舉起手，指向天空。

「為什麼？」

「但是，那是——」

有什麼降落在步牆上，但既不是空行師，也不是妖魔或騎獸，當然更不是人。雖然是獸，但像鹿般的身軀和雌黃色的毛，以及金色的鬣毛。這個國家的人沒有人不知道眼前這隻獸所代表的意義。因為在府第、在廟宇神社，所有地方都畫著這個身影。
「……麒麟。」
陽子撥開驚叫的人群奔跑，她不顧一切地大叫著：
「——景麒！」
麒麟在低空奔跑，然後降落在步牆上。現場響起了不知道是驚愕還是敬畏，或者是歡呼的聲音，陽子推開不知所措地在原地踏步的人群，直直地跑向那隻獸。
「你終於來了……！」
那隻獸不悅地說：
「把臣叫到這種地方？而且這裡的屍臭味太重了。」
「……不好意思。」
「您叫我不必擔心，結果就是這樣？而且把臣的使令弄得那麼髒。」
「你要抱怨，等一下可以讓你盡情抱怨，先帶我去王師的陣營。」
「您把臣當作騎獸？」
「那我也有話要說，禁軍會出兵，你可要負責。」
麒麟那雙紫色的眼睛看著陽子，然後移開了。
「景麒，請你稍微忍耐一下。」
陽子非常清楚麒麟不適合出現在戰場，而且讓渾身沾滿血的陽子騎在他身上，對他而言是莫大的痛苦。

「……臣遵旨。」
麒麟線條優美的脖子轉向空地，陽子跳到他身上。
「——陽子！」
陽子看向城牆下方，看到祥瓊和鈴在大路上向她揮手。她來不及向她們微笑，麒麟已經飛了起來。在朝向王師的旗幟疾走的剎那，景麒小聲地說：
「那個孩子，保住了一命。」
「是嗎？」陽子露出了微笑。

空地上的士兵都抬頭望著天空，張大了嘴巴，禁軍左軍將軍迅雷也不例外。
——為什麼？他忍不住倒吸了一口氣。為什麼有人騎在麒麟的背上？
有人騎在麒麟身上也就罷了，而且麒麟一路奔向自己的方向——奔向軍旗，他忍不住向後退了一步。
——所以我才會反對，說出動禁軍太危險了。
當大司馬要求迅雷帶禁軍出征，他當然不敢拒絕，更何況大司馬不時暗示靖共的名字，他更加不敢拒絕了，因為他不想失去好不容易得到的大將軍地位。
——但是……
看到一路奔來的神獸，和神獸上是一頭紅髮，年紀大約十六歲的年輕女孩，迅雷當然知道她是誰。禁軍左軍在登基大典和之後的郊祀時，都曾經隨侍在她的左右。

來到眼前的麒麟停在龍旗旁，麒麟身上的人投來銳利的視線，同時響起響亮的聲音，但聲音中帶著憤怒。

「——迅雷。」

迅雷聽到叫聲，再度向後退了一步。周圍的士兵一陣譁然，也都紛紛後退。

「誰允許你來拓峰的？」

「臣——」

「是哪個王下的旨？」

必須趕快解釋。雖然迅雷這麼想，卻無法發出聲音。他努力思考，但思考在空轉——原本一直以為她只是一個小女孩，以為她和先王一樣，都是凡庸的王，為什麼會有讓自己畏縮的霸氣？

「還是說，禁軍的士兵和將軍都已經辭職變成了私軍？」

「……主上，臣——」

「你們的主子什麼時候變成了靖共？如果你們為了靖共攻打拓峰，是否代表所有禁軍都是叛軍！」

迅雷和周圍的士兵全都愣住了。這時，響起一個極度平靜的聲音。

「——你在幹什麼？」

麒麟的雙眸注視著迅雷。

「主上當前，未經許可，豈可抬頭？」

迅雷的自尊心完全被擊垮了。他慌忙跪了下來，其他士兵也紛紛跟著下跪磕頭。

「──迅雷。」

「臣在。」迅雷的額頭已經碰到了地上。

「我以敕命命令你，率禁軍前往明郭捉拿和州侯呀峰，並救出被關在州城內的瑛州固繼的閭胥遠甫。」

「──臣遵旨。」

「一軍回堯天捉拿靖共。如能順利捉拿靖共、呀峰，營救閭胥，將不再追究禁軍士兵與和州州師之責。」

「臣遵旨！」

第二十一章

1

鈴注視著在午門附近的城牆降落，放下騎在背上的人後離去的神獸。

「麒麟……」

「嗯。」祥瓊應了一聲，「來這種地方沒問題嗎？」

遠遠觀望的人群仍然站在那裡，每個人都不知道該如何面對眼前的情況。鈴也不知道該怎麼辦，她很想叫著「陽子」跑過去，但又覺得不可以這麼做。

正當她在猶豫之際，目送麒麟離去的陽子回頭看著她們。

「——沒事了。」

看到陽子的笑容，鈴跑了過去，她和祥瓊一起跑到陽子身邊。

「沒事了嗎？真的嗎？」

「王師呢？」

「我派他們去明郭——一定要抓到呀峰。」

「太好了。」鈴和祥瓊異口同聲地說，她們轉頭看向背後，想和身後的人分享這份喜悅，但那些人仍然愣在那裡。

「虎嘯，陽子說沒事了。」

「桓魋，王師要去抓呀峰了。」

兩個大男人困惑地眨著眼睛，然後才終於放鬆下來。

桓魋搶先跪了下來。

「——主上。」

周圍的人也慌忙跟著下跪，虎嘯呆若木雞地回頭看著其他人，跪在地上的夕暉對他說：

「哥哥，趕快磕頭。」

「不，但是……」

虎嘯仍然一臉茫然。

陽子笑著說：「不需要下跪，可不可以請大家站起來？」

然而，沒有人敢抬起頭，只有虎嘯手足無措地站在那裡。

「因為我太不中用，讓人民為一些無謂的事擔心——真的很抱歉。」

陽子說完，看著虎嘯。

「尤其我真的要感謝虎嘯和他的戰友……在昇紘的壓迫下，沒有輕言放棄，仍然堅持正道。照理說，這是我該做的事……謝謝你們。」

「不，那個……」

陽子輕輕笑了笑，巡視著陸續抬起頭的人。

「我也要由衷地感謝桓魋和他的戰友——萬分感謝，如果你有什麼要求，直說無妨。」

桓魋驚訝地抬起頭。

「……真的可以懇求主上嗎？」

「無妨。」

「那……」桓魋看向左右兩側的人，然後抬頭看著陽子。他再度雙手伏地磕首。

「——懇請澄清前麥州侯浩瀚大人大逆的疑雲，允許浩瀚大人再度回朝！」

「浩瀚——」

陽子張大眼睛。

「桓魋——你是麥州的人嗎？」

「臣乃前麥州州師將軍青辛，他們是麥州師的師帥。」

桓魋回頭看著兩人，兩個人都深深磕頭說：

「我——不，臣愧對主上。偽王自立為王時，臣率先加入偽王軍。之後跟隨青將軍，希望有機會雪恥——臣深知戴罪之身不配向主上懇求，但懇請主上對麥侯息怒！」

「原來如此。」陽子注視著磕首的三個人。難怪桓魋非等閒之輩，之所以有那麼多戰友，原來那些人都曾經是他的部下。回想起來，桓魋的戰友對他的態度都很恭敬。

「桓魋，我想問你，你們是因為浩瀚的命令，聚集在和州嗎？」

「——正是。」

「原來是這樣……」

雖然在登基大典時曾經見過，但陽子並不記得浩瀚——如今看到浩瀚的手下，似乎可以想像他的為人。

「……桓魋，請你轉告我對浩瀚的感謝，如果他不嫌棄這麼愚蠢的王，希望他來堯天找我。」

桓魋抬起頭，仰望了陽子一眼，再度磕首。

「——臣遵旨……」

陽子點了點頭，走向虎嘯。虎嘯仍然一臉茫然，她輕輕拍了拍虎嘯的手臂，指了指箭樓說：

「把城門打開吧……已經沒這個必要了。」

「喔。」虎嘯說完，露出了燦爛的笑容。

陽子看著大步走在她身旁的虎嘯問：「虎嘯，你沒有任何願望嗎？」

「我沒想過……只要能夠將昇紘繩之以法就好。」

「你真是無慾無求。」

虎嘯苦笑著說：

「因為一直以來，我都只想著這件事——對了。」

虎嘯停下了腳步，陽子也跟著停下腳步。

「我不會受到處分嗎？」

陽子噗哧笑了起來。

「……處分？為什麼？」

「不管怎麼說，我發起了這場叛亂……」

「如果要處罰你，我也必須接受相同的處罰。」

「喔，那倒是。」

虎嘯說完，笑了起來，然後又看著陽子說：

「對了，我們可說是緣分不淺，或者算是有同吃一鍋飯的情誼，所以有一件事情想要拜託妳……」

「——什麼事？」

「妳是大人物，應該和上面的人關係很好，所以可不可以動用妳的關係，讓夕暉去讀瑛州的少學？」

看著虎嘯和陽子的鈴和祥瓊忍不住笑了起來，陽子也驚訝地看著虎嘯，隨即笑了起來。

「啊？——怎麼了？」

城牆上開朗的笑聲比陽光更燦爛。

2

前往明郭的禁軍二軍在五天後回到拓峰。

陽子沒有離開拓峰，留下來協助拓峰的善後。百姓都紛紛跑到她面前伏地磕首，陽子只好躲進鄉城，和鈴、祥瓊一起聊著天，收拾散落的武器，為傷者送餐。虎嘯向來不拘小節，再加上曾經一起攻防多日，虎嘯的戰友很快就不再緊張，仍然和以前一樣叫她「陽子」。桓魋和他的戰友態度則和以前很不一樣，但可能和他原本是將軍有關。

「是王師！」角樓上傳來聲音，陽子走上城牆。看到一輛馬車直直駛入拓峰後，立刻下樓前往正門。

駛入正門的馬車看到陽子後停了下來，下車後磕頭的士兵從馬車上迎接了一個矮小的人影下來。

「──遠甫。」

回頭看著士兵的遠甫看向陽子，立刻笑了起來。

「……妳看起來很不錯。」

「幸好你一切平安。」

遠甫點了點頭，他的眼眸很深邃。

「……蘭玉和桂桂呢？」

陽子感到一陣錐心之痛，低下了頭。

「蘭玉她……」

一隻大手放在陽子的肩上，回頭一看，虎嘯指著中門說：

「怎麼可以讓老人家站著說話？至少找個地方坐下來聊嘛。」

陽子點了點頭，遠甫瞇起眼睛說：

「我們曾經見過一面。」

「我弟弟承蒙老師的照顧。」

「你弟弟還好嗎？」

「託老師的福，等一下我可以帶他過來，他一直很想見老師。」

「那我就等他。」

虎嘯微微鞠躬後走向正門。陽子請遠甫走向中門。

「……真的很抱歉……」

「妳為什麼道歉？」

「如果當時我在里家就好了……如果我在……」

「桂桂怎麼了？」

遠甫親切的聲音反而令陽子更加痛苦。

「桂桂在堯天，好不容易才救回一命。」

「是嗎？」遠甫點了點頭，似乎對一切了然於心。「這並不是妳的錯，妳不需要為此感到自責。這是老夫的錯，因為他們的目標是老夫。」

陽子抬起頭。

「呀峰為什麼要對付你？是因為靖共的關係嗎？」

「嗯，」遠甫垂著頭，「以前，麥州產縣有——」

「該不會是松塾？」

「原來妳已經聽說了。」

「果然是因為這個原因嗎？」

遠甫自嘲地笑了笑。

「就是因為這個原因，老夫拒絕了靖共，成為災禍的起源。」

「果然是靖共——」

「國府派人來松塾，希望松塾的人成為靖共的府吏，但靖共並非善類，為他服務悖逆正道。老夫的角色有點像是松塾的閭胥，他們找老夫商量，老夫建議他們拒絕，沒想到因此導致很多人送了命……」

遠甫走路時微微駝著背。

「你是不是哪裡受了傷？」

「沒事，幾乎都好了，妳不必放在心上——老夫努力貫徹正道，但貫徹正道不可犧牲他人的性命，既然這樣，老夫貫徹的到底是什麼……即使到了這個年歲，老夫仍然不解。」

「……是。」

「老夫有時候在想，也許比起說道，耕田或是拿武器打仗更有意義。自以為了不起，向人傳道授課，卻招致如此結果。與其如此，當一個能夠期盼秋收的農民更有意義。」

「遠甫，你是在民間播種啊。」

遠甫抬頭看著陽子。

「原來如此。」

遠甫吐了一口氣，笑了起來。

「即使像老夫活了這麼久，仍然會迷茫，受教於妳這樣的後生晚輩。人就是這樣，所以，妳不需要自卑或是自輕。」

「是嗎？」

「瞭解人不過如此而已，也許這才是最大的意義。」

陽子低著頭片刻，才終於點頭。

「我有一事相求……」

「什麼事？」

陽子在院子內停下腳步。

「我想延攬你入朝廷，不知你是否願意來朝廷當太師。」

遠甫似乎覺得很滑稽地笑了起來。

「讓老夫這個垂垂老朽當三公之首嗎？」

「我需要老師……」

「是嗎？」遠甫點了點頭，「雖然麥侯已經幫老夫找好了住處，但即使回去也沒有意義……既然妳需要老夫，老夫就欣然受命。」

「謝謝。」

「嗯。」遠甫點著頭。

「麥侯也是來自松塾嗎？」

「是啊，雖然老夫在松塾並沒有教過他，但塾頭帶他來找老夫，要求老夫像向妳授課般教他……他是一個出色的弟子。」

「我深感抱歉，因為誤信靖共的讒言而革除了他的職……」

「既然妳這麼說，代表誤會已經澄清，那就太好了。」遠甫笑了起來，「柴望也會很高興。」

「柴望？」

「麥州的州宰，他也來自松塾。浩瀚被撤換後，他也被革職了，之後就隱姓埋名，但浩瀚曾經多次派他來找老夫——陽子，妳也見過他一次。」

「……啊？」

「他曾經來里家，翌日妳曾經問老夫，來者是何人？」

陽子張大了眼睛，原來是那個蒙面男人——

「原來他就是柴望。」

「是啊——以前的弟子來找老夫當然很高興，但看到優秀的弟子落入不幸的境遇難免於心不忍……蘭玉他們也經常因此擔心……」

陽子仰著頭。

「——怎麼了？」

「不，我發現自己誤會了很多事。」

遠甫偏著頭感到不解，但陽子搖了搖頭。

「……總之，你平安無事，就是不幸中的大幸。因為你好像受了傷，所以之前還很擔心。」

「不必擔心，受傷對老夫來說是小事一樁，很快就會好了——攻擊里家的那些人也因此嚇到了，所以才會帶老夫回去。」

「——啊？」

遠甫又笑了笑，但並沒有多說什麼。

「話說回來，金波宮真令人懷念啊。」

「遠甫老師。」

遠甫小聲地笑了起來。

「這種時候要用氏姓，老夫的氏姓是乙。」
「乙老師？」
遠甫點了點頭。
「老夫生於麥州產縣支錦，也就是現在的支松，姓名為乙悅，別字老松。」
遠甫覺得滑稽地笑了起來。
「達王以前叫老夫松伯。」
「啊？」
看到陽子偏著頭納悶的樣子，遠甫笑個不停。

3

「——妳要回去了？」
鈴看著陽子的臉。她們和祥瓊三個人在鄉府內看起來像是下人臥室內準備睡覺。
「嗯。」陽子點了點頭。
「我不能離開宮中太久，景麒會恨我。」
「是喔……也對啦。」
「現在總算稍微想清楚一些事——之前我一直很迷茫。」

「當一國之王也很辛苦。」

「嗯。」陽子再度點頭，輪流看著鈴和祥瓊。

「妳們接下來有什麼打算？」

「啊？」鈴張大了眼睛，祥瓊也偏著頭，陽子露出苦笑。

「妳們不是來慶國見我嗎？現在不是已經見到了？」

「喔！」鈴和祥瓊都叫了起來，「對啊。接下來要怎麼辦？」

鈴問道，祥瓊陷入了沉思。

「妳們沒有想之後的事？」

「沒有——但是，我要回才國一趟，因為要向采王道謝。」

聽到鈴這麼說，祥瓊看著天花板。

「雖然我也必須回故鄉向有些人道謝或是道歉——但如果回去的話，恐怕只會挨打。」

祥瓊說完，又「啊」了一聲笑道：

「我和人有約，要去雁國一趟。」

「有約？」鈴問祥瓊笑了笑。

「我和樂俊約好要去見他，向他報告所見所聞。」

聽到祥瓊這麼說，陽子微微皺起了眉頭。

「——怎麼了？」

「妳要把和州之亂的事告訴雁國嗎？」
「他應該已經知道了吧，因為他很瞭解他國的事。」
「……他一定很擔心，可不可以代我向他問好？告訴他幸好事態沒有太嚴重，而且風波已經平息了。」
陽子說完，微微抬眼看著祥瓊。
「……如果可以，不要告訴他我在這裡……」
祥瓊小聲笑了起來。
「我知道。」
臥室內響起一陣竊笑聲，然後陷入一陣沉默。陽子突然嘀咕說：
「……還有尚未解決的問題……」
祥瓊和鈴看著她，她偏著頭說：
「──怎樣才算是理想的國家？」
「沒有像昇紘這種人的國家。」
鈴很乾脆地回答，陽子苦笑著說：
「這我知道……妳們想過怎樣的生活？希望生活在怎樣的國家？」
聽到陽子的問題，祥瓊和鈴都思考起來，最後祥瓊開了口。
「……希望沒有寒冷和飢餓，因為住在里家時，飢寒交迫真的很痛苦。雖然我沒資格這麼說，但還是不希望受到別人的虐待和輕視……」

「是啊。」鈴也點著頭。

「我也一樣，早知道我不必勉強自己忍耐。因為一味忍耐，所以心胸也越來越狹窄……」

「沒錯，會越來越自我封閉。」

「就像拓峰的人一樣，但是，這根本沒有回答妳的問題——對不起。」

聽到鈴這麼說，若有所思的陽子慌忙搖頭說：

「——不，給了我很大的參考。」

「真的嗎？」

「嗯。」陽子點了點頭，然後微微偏著頭：

「——我已經知道妳們暫時的計畫，然後呢？」

鈴和祥瓊互看了一眼。坐在床上的祥瓊低頭看著抱著的膝蓋。

「……我想要學習，因為我覺得自己一無所知太丟臉了。」

「我也是。」鈴說。

「但我並不是想去學校讀書……我想瞭解各種不同的事，只可惜已經沒有松塾了。」

「是喔，」陽子笑了笑，「妳們覺得這個方法怎麼樣？我已經延攬遠甫為太師，妳們願不願意在金波宮工作的同時，跟著遠甫學習？」

鈴和祥瓊都把眼睛瞪得圓圓的。

「等一下，妳的意思是……」
「這──」
陽子注視著她們。
「對我來說，目前有越多幫手越好……」
鈴和祥瓊都屏住了呼吸，陽子輪流看著她們。
「那虎嘯和桓魋呢？」
「我當然會考慮如何安排他們──對我來說，我很希望王宮中有更多我能夠信賴的人。」
祥瓊重重地吐了一口氣。
「真是拿妳沒辦法，那我就去吧。」
「是啊，既然陽子這麼盛情邀請，去幫妳一下也不是太大的問題啦。」
「──我鄭重邀請兩位。」
鈴噗哧地笑了，祥瓊也竊笑起來。陽子也跟著她們一起笑了。
小小的臥室內響起平靜的笑聲，久久迴盪。

終章

慶國首都堯天。外出遊學的王終於回到了陽光普照的王宮。

回宮後五天，王整天都在王宮深處，前冢宰靖共、和州州侯呀峰以及和州止水鄉鄉長昇紘遭到逮捕。景王親自下令逮捕，官吏無不感到驚愕，有人極度反彈，卻無法向在內殿的王抗議。朝議時，也只能在沒有王的情況下爭執不休，雖然有人是因為戰戰兢兢地擔心自己犯的罪也曝光，導致和靖共等人相同的下場，所以暗中動作頻頻，但這些都是在檯面下進行。

朝廷接下來恐怕無法太平。官吏都紛紛耳語。靖共被拔除後，朝廷的實權落入反靖共派手中——至少他們這麼認為。

官吏各懷鬼胎地等了五天，景王終於召集了諸官，主要官吏都集中在外殿。

在外殿集合的諸官發現遭到革職的麥州侯浩瀚等陌生的面孔，不禁驚愕不已。景王跟在宰輔身後出現在嘈雜的主殿龍椅上，諸官更加困惑不已。因為景王和諸官一樣，都身穿官服。還沒有充分發揮出女人味就加入神籍的王穿上位袍後，渾身散發出一種不容別人小覷女王的威嚴。

雖然諸官困惑不已，但還是伏地磕首。景王按照禮儀請諸官平身，諸官跪在地上，直起了身體。

「首先為外出多日向各位道歉。」

景王直截了當地開口說道，諸官更加不知所措。根據自古以來的禮儀，王不會直接對臣子說話，臣子也不會對王說話。有事上奏時，必須寫在書狀上，交給王的侍從，王看了書狀之後，將回答小聲告訴侍從，再由侍從告訴臣子。現在很少有國家遵守這種習俗，但也很少有王直接對臣子說話。

「雖然我並未虛度這些時日，但為造成諸官的負擔道歉。」

景王停頓片刻。

「關於日前逮捕官吏一事，無意在此贅言，因為查明他們的罪行，並加以處罰是秋官之責，但請秋官不要忘記，是我下令逮捕這三名官吏。」

聽到這句話，倒抽一口氣的並非只有兩、三名官吏而已——這顯然是在向秋官施壓，一旦輕饒，將唯秋官是問。

「日前曾請宰輔調派州師出兵，卻無法如願，州師三軍的將軍似乎有病在身，既然這樣，將軍一職顯然會對身體造成負責，故請三位將軍辭職。」

又有幾個人目瞪口呆。

「為了補足官位的空缺，我延攬了四人入朝。首先，將禁軍三將軍調往州師，填補州師將軍的空缺。」

「太荒唐了。」有人叫道，但並沒有人理會。

「禁軍左軍將軍由麥州師左軍將軍青辛接任——桓魋。」

「臣在。」身穿官服的將軍深深鞠躬。

「右中二軍將軍由桓魋選定，端正禁軍的綱紀。」

「臣遵旨。」

「──浩瀚。」

「臣在。」

回答的男人很年輕，三十歲左右，看起來聰明伶俐。原來他就是麥州侯浩瀚。大部分人都忍不住打量他。

「我任命你為冢宰，端正朝廷的綱紀。」

「這……」殿內響起眾多提出質疑的聲音，景王再度無視這些聲音。

「任命麥州州宰柴望為和州侯──並且延攬松伯入朝廷，任命為太師，官吏也將進行大幅異動。」

說完，景王巡視所有人。

「如果不曾違背良心者不必緊張，我無意因為是予王的官吏就冷遇，也不會因為來自松塾就厚遇。」

坐在龍椅上的王繼續說道：

「請諸官平身。」

諸官無不困惑地面面相覷，誠惶誠恐地站了起來，手足無措地東張西望。

景王巡視所有人後點了點頭，看向站在一旁的宰輔。

「景麒也一起聽著，我並不喜歡受人膜拜。」

「──主上……！」

聽到宰輔責備的聲音，景王微微苦笑。

「雖然美其名為禮儀，但我並不喜歡人有階級之分。面對他人時，不喜歡看不到對方的臉。我知道這事關國家的禮節和體面，但我不喜歡被人膜拜磕首，也不喜歡看到有人磕首。」

「主上，請等一下。」

景王無視宰輔的制止命令諸官：「從今往後，除了典禮、祭典等固定的儀式，以及對來自他國的賓官以外，廢除伏禮，只行跪禮和立禮。」

「主上！」

聽到宰輔的制止，景王的回答很冷淡。

「我已經決定了。」

「應該有人會生氣，覺得不受尊重。」

「那又怎麼樣？」

「——主上！」

「我才不管那種需要靠別人鞠躬作揖，確認自己地位，才能夠安心的人。」

宰輔啞口無言，諸官也都張口結舌。

「我才不理會那種人的矜持——相反地，我認為因為每次向人磕頭而崩潰的東西才是更嚴重的問題。」

「但是……」

「景麒，我告訴你，」景王對宰輔說：「當一個人真心感謝對方，發自內心地尊敬時，會自然而然地鞠躬行禮。禮儀是代表內心，而不是靠形式衡量他人的內心，以禮儀為名，強迫他人膜拜等於把腳踩在別人頭上，把別人的頭踩在地上。」

「但這不成體統……」

「我並非鼓勵無禮，對他人必須以禮相待，這是理所當然的事，我只是說，不管有禮、無禮，都是當事人的品行問題，僅此而已。」

「主上言之有理……」

「我希望慶國的每一個百姓都成為王。」

景王說話的聲音堅定而明確。

「從昇紘的例子就可以知道，仗勢欺人、蹂躪他人會有怎樣的下場，持續遭到蹂躪的人會採取的行動也昭然若揭。任何人都不是別人的奴隸，並非為了當奴隸而來到世上。我希望慶國人民豪放不羈——擁有即使受到他人虐待也不屈之心，即使遭遇災難也不撓之心，一旦遇到違法亂紀之事，勇於挺身而出，不向豺虎諂媚，成為治理自己這塊領土獨一無二的君主，為此，必須從在他人面前毅然抬頭開始。」

說完，景王巡視諸官。

「諸官曾經問我，將把慶國帶向何方，不知這番話是否回答了這個問題？」

諸官沒有回答，只有視線看著王。

「我將廢除伏禮為證——以此為初敕。」

赤樂二年二月，和州止水鄉拓峰叛亂。鄉長籍恩殘忍薄行，重課賦稅，中飽私囊，驕溢傾家。鄉曲武斷，百姓懼於怨望，仄目而視。二月，義民以殊恩為名叛亂，和侯欲屠拓峰，太宰派偽兵援之。

王以兵擊敗和侯，除太宰，拓峰重獲安寧。

《慶史赤書》

解説

金原瑞人

我按照《魔性之子》、《月之影　影之海》、《風之海　迷宮之岸》、《東之海神　西之滄海》的順序看完之後，寫下這篇《風之萬里　黎明之空》的解說。

從《魔性之子》進入這個系列，和在沒有看《魔性之子》的情況下，從《月之影　影之海》進入這個系列，將會對「十二國記」有完全不同的印象。

我最先看的是《魔性之子》，被作品中的黑暗世界觀壓得喘不過氣。故事描寫的是十二國中的麒麟來到這個世界後衍生的扭曲故事，超越人類理解的死亡和暴力沖垮了一切。

生田和岩木並沒有基於惡意對高里做任何事，相反地，而是帶著善意和高里相處，高里也瞭解這一點——但是，他們卻死了。他們的死亡和高里的意志無關。雖然為了高里，他們不應該死，但這些人的死全都歸咎於高里。

所以，高里無比孤獨。

在這個地方，一個世界被闖入的另一個世界所侵襲，愛、溫暖和體貼都變得無力，只有讓闖入這個世界的事物回到原來的世界，才能糾正這種扭曲。在這部作品的最後，高中生高里得知了自己的真實身分，回到了十二國的世界，才終於糾正了扭曲。

但是，和高里有強烈的共鳴，捨身保護他的廣瀨卻留在這個世界，他大聲吶喊。

「——我回不去！你卻丟下我，一個人回去嗎？」

作者在書中寫道——

「廣瀨卻被綁在這個世界。廣瀨根本沒有可以回去的世界。」

這部作品在被不合理的力量捉弄，仍然拚命拯救高里的主人翁廣瀨的絕望中畫下句點，最後，他抓在手上的只是「醜惡的嫉妒」。

如果說，《魔性之子》是一本驚悚小說，並不是因為高里周圍發生的事件和災禍很可怕，而是受到捉弄的廣瀨，迎接了對一個人來說，無疑是悲劇性的結局，這種絕望之深，可以感受到作者對於「寫作」這件事鋼鐵般的意志。

看了這本小說之後，再看本系列的第一卷《月之影　影之海》的讀者，會忍不住繃緊全身。因為這次的故事和高里的情況相反，是這個世界的女高中生陽子被景麒帶去了十二國的世界。

雖然陽子被帶去異世界，但她一心想著回到原來的世界。和高里一樣，她在那個世界感受到格格不入，感覺會把自己撕裂。而且，不知道為什麼，原本應該保護她的景麒消失無蹤，陽子遭人攻擊，被妖魔攻擊，沒有食物，遭到他人背叛，一次又一次的背叛，她徬徨無助，渴望回到以前的世界，渴望回家。然而，她最後終於領悟到，「自己在這個世界沒有朋友，無處可去，也無家可歸，更領悟到自己多麼孤獨」。

於是讀者開始擔心，這部作品會不會和《魔性之子》一樣，也有黯淡的結局？當逐漸失去希望時，在下卷的中途開始，終於看到了新的發展，沒有看過《魔性之子》

的人，絕對無法體會這種振奮。

沒錯，本系列第一集，以陽子的成長做為故事的結局。

第二集《風之海　迷宮之岸》的主人翁是《魔性之子》的泰麒（高里），但這次的故事背景是在十二國的世界，泰麒年紀還很幼小，雖然得知自己身負為戴國挑選王的使命，「雖然知道自己是麒麟這件事，但至今仍然不知道麒麟到底是什麼」。怯懦、害怕而又缺乏決斷力的泰麒努力確信自己是麒麟，降伏了「力大無比，而且很少現身，所以已經被認為是傳說中的妖魔」，最後終於發現了王。

這也是一個令人感動的成長故事。

於是，讀者終於發現，「十二國記」是第二次世界大戰後，在英國誕生後迅速發展的奇幻小說的遠東版。《納尼亞傳奇》和《魔戒》為起源的奇幻小說的最大特徵，就是架構出一個獨特的異世界，主人翁在那個世界冒險，並在冒險過程中逐漸成長。

第三集《東之海神　西之滄海》則追溯到遙遠的過去，是雁國的麒麟延麒（六太）和他所選的王尚隆之間的故事。在這一集中，多次論述了在之前幾集中不時提及的這個世界的體系和政治，這部作品並非成長故事，和之前兩集完全不同。以十二國世界的「世界構造」為縱軸，六太和尚隆的人際關係摩擦和修復為橫線編織出整個故事。

這個世界有天帝，天帝創造了這個世界，決定了一切，由神獸麒麟挑選王，但是，麒麟挑選的王並不一定是賢君，雁國因為先王梟王的關係，導致國土荒廢殆盡，就連人類天敵的妖魔也面臨饑饉。天帝讓麒麟挑選的王為什麼會是昏君？

於是有人認為——

「無論是天命，還是麒麟選王，誰能夠保證麒麟選的王是真正最優秀的？」

「既然麒麟會挑選最出色的王，那就讓我見識一下證據。」

「根本沒有天帝。」

雖然有人反駁，但在此姑且不討論，在這部作品中，最刺激的就是六太的想法。

六太選擇了尚隆為王，卻說：

「尚隆應該會徹底毀掉雁國，但我並不是在評論尚隆這個人，王存在的目的就僅止於此。」

在六太說出這句話的瞬間，這個故事出現了不同於其他奇幻小說的異樣感覺。至今為止，大部分奇幻小說都是英雄（主人翁）拯救瀕臨危機的世界。無論《納尼亞傳奇》、《魔戒》、《地海巫師》和《莫信者傳奇（The Chronicles of Thomas Covenant the Unbeliever）》都一樣，這些作品事先設定了理想的世界，由主人翁找回這個理想世界，也就是恢復原來的秩序，古典的奇幻小說構造本身就很保守。

但是，「十二國記」的世界並非如此。作品中探討了世界的型態和建立在仁道基礎上的政治，而且這些探討和故事情節結合在一起共同發展，正是這個系列作品最大的魅力所在。

這部《東之海神　西之滄海》在闡述世界觀和政治的同時，也同時描寫了六太無法相信自己所選的「王」的苦惱。

作者在作品的最後留下了一段話。

「給我時間，我一定會給你一個讓你和養育你的妖魔都不會被人追趕的環境，在此之前，就暫時先在王宮的庭院忍耐一下。」

「真的會有這麼一天嗎？」

「我就是為此而存在。」

尚隆既沒有說天帝存在，也沒有說天帝不存在，只說相信「我」。看完這個故事後，讀者應該能夠瞭解，這個「我」到底指的是什麼。

作者藉由生活在十二國世界體制中的人們的執著、抗爭、衝突、和解、理解和共鳴，奠定了強而有力、肯定的世界觀。

繼《魔性之子》、《月之影　影之海》、《風之海　迷宮之岸》、《東之海神　西之滄海》之後，終於是這部大作《風之萬里　黎明之空》。

故事背景是陽子剛當上景王，主要人物有三個人，除了陽子之外，還有在明治時代，被賣去當短期傭工途中，不慎跌落懸崖，闖入十二國世界的女孩鈴，以及芳國峰王的女兒祥瓊。

陽子接手治理的慶國「連續三代都是短命王，而且都是女王。之後自稱為王的偽王也是女人，沒想到最後挑選的新王又是女王」，陽子雖然成為一國之王，卻對自己為王缺乏自信，抱怨「我在蓬萊時，害怕被人討厭，整天對別人察言觀色，為了取悅所有人，整天逼著自己走鋼絲——這和現在有什麼兩樣？我害怕被稱為愚王，害怕聽到你們嘆氣」，嘀咕「我真是一個不中用的王……」，臣子狡猾地利用這樣的陽子，百姓對她不信任，就連選她為王的麒麟也嘆息不已。

祥瓊目睹父王被殺，被註銷了長生不老的仙籍，在邊境村莊一個收容孤兒和老人的設施內工作，因為父王生前是殘虐的暴君，所以每個人都對她冷眼相看，甚至差一點被殺。她飽受從天上的世界掉落地獄的塗炭之苦，得知慶國的新王是十六歲的女孩，不由得心生嫉妒和羨慕，感到「無法原諒」。

鈴聽不懂十二國世界的語言，但知道一旦成仙，就可以和任何人溝通，於是拚命拜託，最後在富有權威的仙人梨耀手下當下女將近一百年。得知不久之前，慶國終於有了新王，而且新王來自蓬萊後，抱著一線希望，覺得慶國的王或許會同情自己，然而，這種想法漸漸走向相反的方向。

慶國和州的百姓飽受欺壓，有一部分百姓密謀暗殺鄉長。

陽子、祥瓊和鈴三個人因不同的想法而採取各自的行動，她們擦身而過、邂逅、誤會，然後再度邂逅，被捲入這場巨大的暗殺計畫。

這部作品以因為壓迫、陰謀、殺戮、復仇、暗殺而動蕩的慶國為舞台，仔細描寫了三個失去自我，受到強烈負面意識影響的少女逐漸變化的過程，她帶著不同的想法和理想投入戰爭的場景令人暢快無比，陽子最後那番話相信讓不少讀者深受感動。

《風之萬里　黎明之空》是一部暢快的冒險小說、戰爭小說，也是圍繞理想政治的思想小說，更是少女的成長故事。從相當於「十二國記」前傳的《魔性之子》開始到第三集為止所寫的故事結合了新的角色，發展出更大格局、更富有起伏的情節，從某種意義上來說，有一種總決算的意味，也讓這個系列暫時告一段落。

隨著閱讀本系列的其他集作品，《魔性之子》所帶來的壓倒性負面陰鬱固然漸漸淡薄，但仍然確實存在。這一集的大團圓並沒有喪失緊張感，也沒有流於感傷，就是因為整個系列的背景中，仍然存在著這種鬱然的烏雲。

「十二國記」的最終集尚未推出，但我總覺得這個系列將會以《魔性之子》的絕望做為結局。因為這個世界上根本不存在豐饒、和平的國家，雁國的王說：「王位就是用鮮血換來的。即使上天在不流血的情況下賜予王位，為了維持王位，就不得不流血。」

《納尼亞傳奇》的最後，也是以納尼亞世界的滅亡，以及火車事故導致故事人物死亡而畫下句點。《魔戒》的結局也是被魔戒魔力迷惑的佛羅多被咕嚕咬斷手指，雖然保住一命，但因為手指的傷導致身心俱疲，最後告別夥伴，搭上往精靈國的船。

於是，讓人不禁期待，不知道「十二國記」又會迎接怎樣的結局？

（平成二十五年二月，翻譯家・法政大學教授）

十二國記

奇炫館

十二國記 風之萬里 黎明之空（下）

（原名：風の万里 黎明の空（下）十二国記）

著　　者／小野不由美
執 行 長／陳君平
榮譽發行人／黃鎮隆
協　　理／洪琇菁
總 編 輯／呂尚燁
譯　　者／王蘊潔
美術總監／沙雲佩
美術編輯／陳又荻
執行編輯／洪琇菁
封面及內頁插畫／山田章博
國際版權／黃令歡、高子甯
文字校對／施亞蒨
內文排版／謝青秀

出　　版／城邦文化事業股份有限公司 尖端出版
台北市中山區民生東路二段一四一號十樓
電話：（〇二）二五〇〇—七六〇〇
傳真：（〇二）二五〇〇—二六八三
E-mail：7novels@mail2.spp.com.tw

發　　行／英屬蓋曼群島商家庭傳媒股份有限公司城邦分公司　尖端出版
台北市中山區民生東路二段一四一號十樓
電話：（〇二）二五〇〇—七六〇〇（代表號）
傳真：（〇二）二五〇〇—一九七九

中彰投以北經銷／楨彥有限公司（含宜花東）
電話：（〇二）八九一九—三三六九
傳真：（〇二）八九一四—五五二四

雲嘉以南／智豐圖書有限公司
（嘉義公司）電話：（〇五）二三三—三八五二
傳真：（〇五）二三三—三八六三
（高雄公司）電話：（〇七）三七三—〇〇七九
傳真：（〇七）三七三—〇〇八七

香港經銷／城邦（香港）出版集團有限公司
香港灣仔駱克道一九三號東超商業中心一樓
電話：（八五二）二五〇八—六二三一
傳真：（八五二）二五七八—九三三七
E-mail：hkcite@biznetvigator.com

新馬經銷／城邦（馬新）出版集團 Cite（M）Sdn. Bhd.
E-mail：cite@cite.com.my

法律顧問／王子文律師　元禾法律事務所
台北市羅斯福路三段三十七號十五樓

二〇一五年四月一版一刷
二〇二三年十一月一版九刷

■中文版■

郵購注意事項：
1.填妥劃撥單資料：帳號：50003021戶名：英屬蓋曼群島商家庭傳媒(股)公司城邦分公司。2.通信欄內註明訂購書名與冊數。3.劃撥金額低於500元，請加附掛號郵資50元。如劃撥日起 10～14日，仍未收到書時，請洽劃撥組。劃撥專線TEL：(03)312-4212 ・ FAX：(03)322-4621。E-mail：marketing@spp.com.tw

國家圖書館出版品預行編目(CIP)資料

十二國記 : 風之萬里 黎明之空 上/下 / 小野不由美作 ;
王蘊潔譯. — 1版. — [臺北市] : 尖端出版 :
家庭傳媒城邦分公司發行, 2015.04
冊 ; 公分
譯自 : 風の万里 黎明の空 上/下
ISBN 978-957-10-5941-9(上冊:平裝). —
ISBN 978-957-10-5942-6(下冊:平裝). —

861.57 104002373

十二國記